O CORVO
e outros poemas

EDGAR ALLAN POE

O CORVO e outros poemas

Traduções

O Corvo - Fernando Pessoa e Machado de Assis

Outros Poemas - Adriana Buzzetti

Brasil, 2020

Lafonte

Título original – *The Raven*

ISBN 978-85-8186-460-0

Direção Editorial *Ethel Santaella*

REALIZAÇÃO

GrandeUrsa Comunicação

Direção *Denise Gianoglio*
Tradução *Adriana Buzzetti*
Revisão *Paulo Kaiser*
Capa, Projeto Gráfico e Diagramação *Idée Arte e Comunicação*
Ilustrações *Gustav Doré* (1884)

Dados Internacionais de Catalogação na Publicação (CIP)
(Câmara Brasileira do Livro, SP, Brasil)

Poe, Edgar Allan, 1809-1849
O corvo e outros poemas / Edgar Allan Poe ; tradução Adriana Buzzetti. -- São Paulo : Lafonte, 2020.

Título original: The raven
ISBN 978-85-8186-460-0

1. Poesia norte-americana I. Título.

20-34873 CDD-811.3

Índices para catálogo sistemático:

1. Poesia : Literatura norte-americana 811.3

Cibele Maria Dias - Bibliotecária - CRB-8/9427

Editora Lafonte

Av. Profª Ida Kolb, 551, Casa Verde,
CEP 02518-000, São Paulo-SP, Brasil – Tel.: (+55) 11 3855-2100
Atendimento ao leitor (+55) 11 3855-2216 / 11 3855-2213 – atendimento@editoralafonte.com.br
Venda de livros avulsos (+55) 11 3855-2216 – vendas@editoralafonte.com.br
Venda de livros no atacado (+55) 11 3855-2275 – atacado@escala.com.br

SUMÁRIO

NEVERMORE

O CORVO

Tradução Fernando Pessoa

Numa meia-noite agreste, quando eu lia, lento e triste,
Vagos, curiosos tomos de ciências ancestrais,
E já quase adormecia, ouvi o que parecia
O som de alguém que batia levemente a meus umbrais.
"Uma visita", eu me disse, "está batendo a meus umbrais.
É só isto, e nada mais."

Ah, que bem disso me lembro! Era no frio dezembro,
E o fogo, morrendo negro, urdia sombras desiguais.
Como eu qu'ria a madrugada, toda a noite aos livros dada
P'ra esquecer (em vão!) a amada, hoje entre hostes celestiais —
Essa cujo nome sabem as hostes celestiais,
Mas sem nome aqui jamais!

Como, a tremer frio e frouxo, cada reposteiro roxo
Me incutia, urdia estranhos terrores nunca antes tais!
Mas, a mim mesmo infundindo força, eu ia repetindo,
"É uma visita pedindo entrada aqui em meus umbrais;
Uma visita tardia pede entrada em meus umbrais.
É só isto, e nada mais."

E, mais forte num instante, já nem tardo ou hesitante,
"Senhor", eu disse, "ou senhora, decerto me desculpais;
Mas eu ia adormecendo, quando viestes batendo,
Tão levemente batendo, batendo por meus umbrais,
Que mal ouvi..." E abri largos, franqueando-os, meus umbrais.
Noite, noite e nada mais.

A treva enorme fitando, fiquei perdido receando,
Dúbio e tais sonhos sonhando que os ninguém sonhou iguais.
Mas a noite era infinita, a paz profunda e maldita,
E a única palavra dita foi um nome cheio de ais —
Eu o disse, o nome *dela*, e o eco disse aos meus ais.
Isto só e nada mais.

Para dentro então volvendo, toda a alma em mim ardendo,
Não tardou que ouvisse novo som batendo mais e mais.
"Por certo", disse eu, "aquela bulha é na minha janela.
Vamos ver o que está nela, e o que são estes sinais."
Meu coração se distraía pesquisando estes sinais.
"É o vento, e nada mais."

Abri então a vidraça, e eis que, com muita negaça,
Entrou grave e nobre um Corvo dos bons tempos ancestrais.
Não fez nenhum cumprimento, não parou nem um momento,
Mas com ar solene e lento pousou sobre os meus umbrais,
Num alvo busto de Atena que há por sobre meus umbrais,
Foi, pousou, e nada mais.

E esta ave estranha e escura fez sorrir minha amargura
Com o solene decoro de seus ares rituais.
"Tens o aspecto tosquiado", disse eu, "mas de nobre e ousado,
Ó velho Corvo emigrado lá das trevas infernais!
Dize-me qual o teu nome lá nas trevas infernais."
Disse o Corvo, "Nunca mais".

Pasmei de ouvir este raro pássaro falar tão claro,
Inda que pouco sentido tivessem palavras tais.
Mas deve ser concedido que ninguém terá havido
Que uma ave tenha tido pousada nos seus umbrais,
Ave ou bicho sobre o busto que há por sobre seus umbrais,
Com o nome "Nunca mais".

Mas o Corvo, sobre o busto, nada mais dissera, augusto,
Que essa frase, qual se nela a alma lhe ficasse em ais.
Nem mais voz nem movimento fez, e eu, em meu pensamento
Perdido, murmurei lento, "Amigo, sonhos — mortais
Todos — todos já se foram. Amanhã também te vais".
Disse o Corvo, "Nunca mais".

A alma súbito movida por frase tão bem cabida,
"Por certo", disse eu, "são estas vozes usuais.
Aprendeu-as de algum dono, que a desgraça e o abandono
Seguiram até que o entono da alma se quebrou em ais,
E o bordão de desesp'rança de seu canto cheio de ais
Era este "Nunca mais".

Mas, fazendo inda a ave escura sorrir a minha amargura,
Sentei-me defronte dela, do alvo busto e meus umbrais;
E, enterrado na cadeira, pensei de muita maneira
Que qu'ria esta ave agoureira dos maus tempos ancestrais,
Esta ave negra e agoureira dos maus tempos ancestrais,
Com aquele "Nunca mais".

Comigo isto discorrendo, mas nem sílaba dizendo
À ave que na minha alma cravava os olhos fatais,
Isto e mais ia cismando, a cabeça reclinando
No veludo onde a luz punha vagas sombras desiguais,
Naquele veludo onde *ela*, entre as sombras desiguais,
Reclinar-se-á nunca mais!

Fez-se então o ar mais denso, como cheio dum incenso
Que anjos dessem, cujos leves passos soam musicais.
"Maldito!", a mim disse, "deu-te Deus, por anjos concedeu-te
O esquecimento; valeu-te. Toma-o, esquece, com teus ais,
O nome da que não esqueces, e que faz esses teus ais!"
Disse o Corvo, "Nunca mais".

"Profeta", disse eu, "profeta — ou demônio ou ave preta! —
Fosse diabo ou tempestade quem te trouxe a meus umbrais,
A este luto e este degredo, a esta noite e este segredo,
A esta casa de ânsia e medo, dize a esta alma a quem atrais
Se há um bálsamo longínquo para esta alma a quem atrais!"
Disse o Corvo, "Nunca mais".

"Profeta", disse eu, "profeta — ou demônio ou ave preta! —
Pelo Deus ante quem ambos somos fracos e mortais,
Dize a esta alma entristecida se no Éden de outra vida
Verá essa hoje perdida entre hostes celestiais,
Essa cujo nome sabem as hostes celestiais!"
Disse o Corvo, "Nunca mais".

G·Doré

"Que esse grito nos aparte, ave ou diabo!", eu disse.
"Parte! Torna à noite e à tempestade! Torna às trevas infernais!
Não deixes pena que ateste a mentira que disseste!
Minha solidão me reste! Tira-te de meus umbrais!
Tira o vulto de meu peito e a sombra de meus umbrais!"
Disse o Corvo, "Nunca mais".

E o Corvo, na noite infinda, está ainda, está ainda
No alvo busto de Atena que há por sobre os meus umbrais.
Seu olhar tem a medonha dor de um demônio que sonha,
E a luz lança-lhe a tristonha sombra no chão mais e mais.
E a minh'alma dessa sombra, que no chão há mais e mais,
Libertar-se-á... nunca mais!

O
CORVO

TRADUÇÃO MACHADO DE ASSIS

Em certo dia, à hora, à hora
Da meia-noite que apavora,
Eu, caindo de sono e exausto de fadiga,
Ao pé de muita lauda antiga,
De uma velha doutrina, agora morta,
Ia pensando, quando ouvi à porta

Do meu quarto um soar devagarinho
E disse estas palavras tais:
"É alguém que me bate à porta de mansinho;
Há de ser isso e nada mais".

Ah! bem me lembro! bem me lembro!
Era no glacial dezembro;
Cada brasa do lar sobre o colchão refletia
A sua última agonia.
Eu, ansioso pelo sol, buscava
Sacar daqueles livros que estudava
Repouso (em vão!) à dor esmagadora
Destas saudades imortais
Pela que ora nos céus anjos chamam Lenora,
E que ninguém chamará mais.

E o rumor triste, vago, brando
Das cortinas ia acordando
Dentro em meu coração um rumor não sabido,
Nunca por ele padecido.
Enfim, por aplacá-lo aqui no peito,
Levantei-me de pronto, e: "Com efeito,
(Disse) é visita amiga e retardada
Que bate a estas horas tais.
É visita que pede à minha porta entrada:
Há de ser isso e nada mais."

Minh'alma então sentiu-se forte;
Não mais vacilo e desta sorte
Falo: "Imploro de vós, — ou senhor ou senhora,
Me desculpeis tanta demora.
Mas como eu, precisando de descanso,
Já cochilava, e tão de manso e manso
Batestes, não fui logo, prestemente,
Certificar-me que aí estais."
Disse; a porta escancaro, acho a noite somente,
Somente a noite, e nada mais.

Com longo olhar escruto a sombra,
Que me amedronta, que me assombra,
E sonho o que nenhum mortal há já sonhado,
Mas o silêncio amplo e calado,
Calado fica; a quietação quieta;
Só tu, palavra única e dileta,
Lenora, tu, como um suspiro escasso,
Da minha triste boca sais;
E o eco, que te ouviu, murmurou-te no espaço;
Foi isso apenas, nada mais.

Entro coa alma incendiada.
Logo depois outra pancada
Soa um pouco mais forte; eu, voltando-me a ela:
"Seguramente, há na janela
Alguma cousa que sussurra. Abramos,
Eia, fora o temor, eia, vejamos
A explicação do caso misterioso
Dessas duas pancadas tais.
Devolvamos a paz ao coração medroso,
Obra do vento e nada mais."

Abro a janela, e de repente,
Vejo tumultuosamente
Um nobre corvo entrar, digno de antigos dias.
Não despendeu em cortesias
Um minuto, um instante. Tinha o aspecto
De um *lord* ou de uma *lady*. E pronto e reto,
Movendo no ar as suas negras alas,
Acima voa dos portais,
Trepa, no alto da porta, em um busto de Palas;
Trepado fica, e nada mais.

Diante da ave feia e escura,
Naquela rígida postura,
Com o gesto severo, — o triste pensamento
Sorriu-me ali por um momento,
E eu disse: "O tu que das noturnas plagas
Vens, embora a cabeça nua tragas,
Sem topete, não és ave medrosa,
Dize os teus nomes senhoriais;
Como te chamas tu na grande noite umbrosa?"
E o corvo disse: "Nunca mais".

Vendo que o pássaro entendia
A pergunta que lhe eu fazia,
Fico atônito, embora a resposta que dera
Dificilmente lha entendera.
Na verdade, jamais homem há visto
Cousa na terra semelhante a isto:
Uma ave negra, friamente posta
Num busto, acima dos portais,
Ouvir uma pergunta e dizer em resposta
Que este é seu nome: "Nunca mais".

No entanto, o corvo solitário
Não teve outro vocabulário,
Como se essa palavra escassa que ali disse
Toda a sua alma resumisse.
Nenhuma outra proferiu, nenhuma,
Não chegou a mexer uma só pluma,
Até que eu murmurei: "Perdi outrora
Tantos amigos tão leais!
Perderei também este em regressando a aurora."
E o corvo disse: "Nunca mais!"

Estremeço. A resposta ouvida
É tão exata! é tão cabida!
"Certamente, digo eu, essa é toda a ciência
Que ele trouxe da convivência
De algum mestre infeliz e acabrunhado
Que o implacável destino há castigado
Tão tenaz, tão sem pausa, nem fadiga,
Que dos seus cantos usuais
Só lhe ficou, na amarga e última cantiga,
Esse estribilho: "Nunca mais".

Segunda vez, nesse momento,
Sorriu-me o triste pensamento;
Vou sentar-me defronte ao corvo magro e rudo;
E mergulhando no veludo
Da poltrona que eu mesmo ali trouxera
Achar procuro a lúgubre quimera,
A alma, o sentido, o pávido segredo
Daquelas sílabas fatais,
Entender o que quis dizer a ave do medo
Grasnando a frase: "Nunca mais".

Assim posto, devaneando,
Meditando, conjeturando,
Não lhe falava mais; mas, se lhe não falava,
Sentia o olhar que me abrasava.
Conjeturando fui, tranquilo a gosto,
Com a cabeça no macio encosto
Onde os raios da lâmpada caíam,
Onde as tranças angelicais
De outra cabeça outrora ali se desparziam,
E agora não se esparzem mais.

Supus então que o ar, mais denso,
Todo se enchia de um incenso,
Obra de serafins que, pelo chão roçando
Do quarto, estavam meneando
Um ligeiro turíbulo invisível;
E eu exclamei então: "Um Deus sensível
Manda repouso à dor que te devora
Destas saudades imortais.
Eia, esquece, eia, olvida essa extinta Lenora."
E o corvo disse: "Nunca mais".

"Profeta, ou o que quer que sejas!
Ave ou demônio que negrejas!
Profeta sempre, escuta: Ou venhas tu do inferno
Onde reside o mal eterno,
Ou simplesmente náufrago escapado
Venhas do temporal que te há lançado
Nesta casa onde o Horror, o Horror profundo
Tem os seus lares triunfais,
Dize-me: existe acaso um bálsamo no mundo?"
E o corvo disse: "Nunca mais".

"Profeta, ou o que quer que sejas!
Ave ou demônio que negrejas!
Profeta sempre, escuta, atende, escuta, atende!
Por esse céu que além se estende,
Pelo Deus que ambos adoramos, fala,
Dize a esta alma se é dado inda escutá-la
No éden celeste a virgem que ela chora
Nestes retiros sepulcrais,
Essa que ora nos céus anjos chamam Lenora!"
E o corvo disse: "Nunca mais."

"Ave ou demônio que negrejas!
Profeta, ou o que quer que sejas!
Cessa, ai, cessa! clamei, levantando-me, cessa!
Regressa ao temporal, regressa
À tua noite, deixa-me comigo.
Vai-te, não fique no meu casto abrigo
Pluma que lembre essa mentira tua.
Tira-me ao peito essas fatais
Garras que abrindo vão a minha dor já crua."
E o corvo disse: "Nunca mais".

E o corvo aí fica; ei-lo trepado
No branco mármore lavrado
Da antiga Palas; ei-lo imutável, ferrenho.
Parece, ao ver-lhe o duro cenho,
Um demônio sonhando. A luz caída
Do lampião sobre a ave aborrecida
No chão espraia a triste sombra; e, fora
Daquelas linhas funerais
Que flutuam no chão, a minha alma que chora
Não sai mais, nunca, nunca mais!

OUTROS POEMAS

OS SINOS

I

Ouça os trenós com os sinos,
Sinos argentinos!
Quanta alegria suas melodias vaticinam!
Como tilintam, tilintam, tilintam,
No ar gelado da noite!
Enquanto as estrelas que todo o céu matizam
Parecem que piscam
Com cristalino deleite;
E o tempo, tempo, tempo se confina

Em uma espécie de rúnica rima,
Ao ressoar musical do repique do sino,
Dos sinos, sinos, sinos, sinos,
Sinos, sinos, sinos
Do tilintar e ressoar dos sinos.

II

Ouça os suaves sinos das bodas,
Áureos sinos!
Quanta felicidade sua harmonia vaticina!
Pelo aromático ar da noite
Como declaram seu deleite!
Das notas de ouro fundido,
Todas unissonantes,
Que cantiga líquida baila,
Para a rolinha que escuta e se gaba
Sobre a lua!
Saindo das células que vibram
Que jorro de eufonia volumosamente ressoa!
Como se expande!

Como se estende!
Sobre o futuro! Como conta
Do arroubo que incita
O balançar e soar
Dos sinos, sinos, sinos,
Dos sinos, sinos, sinos, sinos,
Sinos, sinos, sinos
Da rima e da cadência dos sinos!

III

Ouça os sinos altos de alarme
Sinos de bronze!
Que história de terror sua turbulência conta!
No ouvido da noite sobressaltado
Como gritam alto e se mostram amedrontados!
Horrorizados demais para falar,
Só conseguem guinchar, guinchar,
Desafinados,
Num apelo clamoroso à misericórdia do fogo,
Numa queixa ensandecida com surdo e frenético fogo,

Mais alto, mais alto, mais alto é o pulo
Com um desejo de forma alguma nulo
E um esforço audaz,
De se sentar agora, agora, ou jamais,
Ao lado da lua descorada.
Ó, os sinos, sinos, sinos!
Que história seu terror conta
De desespero!
Como eles retinem, e batem, e bradam!
Que horror eles despejam
No seio do ar que exaspera!
Embora o ouvido muito bem conclui,
Pelo ruído
E o retinido,
Como o perigo reflui;
Embora o ouvido, nitidamente conte,
Na dissonância,
E na discrepância,
Como o perigo afunda e aumenta,
Por afundar e aumentar na ira dos sinos –
Dos sinos
Dos sinos, sinos, sinos, sinos,
Sinos, sinos, sinos
No clamor e retinir dos sinos!

IV

Ouça o dobrar dos sinos –
Férreos sinos!
Que mundo de pensamentos solenes sua elegia provoca!
Na noite silenciosa,
Trememos em pavorosa
Ao menor sinal da melancolia em cada tom emitido!
Pois cada som que arranha
Do ócio de suas entranhas
É um gemido.
E as pessoas – ah, as pessoas –
Elas que habitam no campanário,
Tão desacompanhadas,
Que, ao dobrar, dobrar, dobrar,
Naquela mesmice abafada,
Sentem a glória de rolar
Uma pedra no coração –
Não são nem homem nem mulher –
Não são nem besta nem humano –
São demônios:
E seu rei é quem toca o sino
E ele faz soar, soar, soar, soar,
Soar

E reboar os sinos
No seu peito que expande
Com o reboar dos sinos
E ele dança, e grita,
E o tempo, tempo, tempo se confina
Em uma espécie de rúnica rima,
Ao reboar dos sinos –
Dos sinos –
E o tempo, tempo, tempo se confina
Em uma espécie de rúnica rima,
Ao latejar dos sinos,
Ao soluçar dos sinos
E o tempo, tempo, tempo se confina,
Quando soa agourento,
Em uma espécie de rúnica rima,
Ao rolar dos sinos,
Dos sinos, sinos, sinos
Ao dobrar dos sinos,
Dos sinos, sinos, sinos, sinos
Sinos, sinos, sinos –
Ao lamentar e gemer dos sinos.

ULALUME

Os céus eram cinzentos e austeros
As folhas cintilavam calmamente
As folhas murchavam calmamente
Era noite no solitário décimo mês do calendário
Do meu mais longo ano,
Foi difícil no sombrio lago de Auber,[1]
Na região enevoada de Weir,[2]
Era triste à beira do úmido lago de Auber,
No bosque assombrado de Weir.

1 Possível referência ao compositor francês Daniel François Esprit Auber.
2 Possível referência ao pintor norte-americano Robert Walter Weir.

Já uma vez, por um titânico beco
De ciprestes, vaguei com minh'alma,
Vaguei, com Psiquê,[3] minha alma.
Houve dias de coração em erupção
Enquanto os rios imundos rolavam
E a lava incansavelmente despejavam
Suas correntes sulforosas Monte Yaanek[4] abaixo,
Nas zonas climáticas mais remotas do polo
Que gemiam enquanto iam Monte Yaanek abaixo,
Nos reinos do boreal polo.

Nossa conversa foi séria e austera,
Mas nossos pensamentos, paralisados e calmos,
Nossas memórias, traiçoeiras e calmas,
Já que outubro não sabíamos que era,
Nem qual noite do ano
(Ah, noite de todas as noites do ano!)
Nem notamos o sombrio lago de Auber
(Mesmo tendo nele uma vez passeado)
Não lembramos do úmido lago de Auber,
Nem do bosque de Weir assombrado.

---

3 Na mitologia grega, divindade que representa a personificação da alma. Aqui, uma personificação da alma do narrador.

4 Possível alusão ao Monte Erebus, vulcão na Antártida, Polo Sul, embora a localização do Yaanek seja especificada como nos "reinos do polo boreal", ou seja, o norte.

E quando a noite avançava
As estrelas para a manhã apontavam
As estrelas para a manhã insinuavam
No fim do nosso caminho começava
Uma resplandescência liquefeita e nebulosa,
Donde uma lua crescente miraculosa
Com suas duas pontas se levantava,
Lua crescente de Astarte[5] diamantina,
Única com suas duas pontas se empina.

E eu disse: "Ela é mais quente que Diana;[6]
Ela rola por etéreos suspiros,
Deleita-se numa cama de suspiros.
Ela viu que as lágrimas não secaram
Nesses rostos, onde o verme nunca morre,
Passou pela constelação de Leão,
Para nos apontar os céus,
Para nos mostrar a paz celestial do rio Lete.[7]
Apareça, apesar de Leão,
Para brilhar sobre nós com seus olhos fulgurantes,
Apareça da cova do leão,
Com seus olhos de amor transbordantes."

---

5 Na mitologia romana, deusa associada com Vênus e ligada à sexualidade e fertilidade.
6 Na mitologia romana, era a deusa da lua e da caça. Equivalente à deusa grega Ártemis.
7 Na mitologia grega, é um dos rios do Hades, o deus do mundo inferior. Quem bebesse de sua água experimentaria o completo esquecimento.

Mas Psiquê, erguendo seu dedo,
Disse: "Triste, dessa estrela desconfio,
De sua lividez eu estranhamente desconfio,
Ah, apresse-se, partamos o mais cedo,
Ah, voe – voemos – por isso anseio".
Ela disse, aterrorizada, deixando afundar
Suas asas para no pó trilhar,
Ela soluçou agoniada, deixando afundar
Suas plumas para no pó trilhar,
Para desoladamente no pó trilhar.

Repliquei: "Não passa de sonho.
Continuemos, por essa trêmula luz!
Banhemo-nos nessa cristalina luz!
Seu profético esplendor se faz radiante
Com a Esperança e a Beleza.
Veja o céu acender!
Em segurança devemos confiar em seu clarão
E ter certeza de que iluminará nosso chão
Em segurança devemos confiar em seu clarão
Que não deixará de iluminar nosso chão,
Porque faz o céu acender".

Assim acalmei e beijei Psiquê,
A tentei a abandonar sua melancolia
A vencer sua hesitação e melancolia,
Passamos ao final do panorama
Mas fomos detidos pela entrada de um túmulo –
Pela entrada de um epigrafado túmulo –
E eu disse: "O que está escrito, doce buquê,
Na entrada desse epigrafado túmulo?"
Ela respondeu: "Ulalume. Ulalume.
É o caixão da sua desaparecida Ulalume!"

Então meu coração ficou cinzento e austero,
Como as folhas que cintilavam calmamente,
Como as folhas que murchavam calmamente,
Então, gritei: "Outubro com certeza era
Nessa mesma noite do último ano,
Em que eu me aventurei, me aventurei por aqui!
Em que eu trouxe um mortificante fardo até aqui!
Foi nessa noite, dentre todas as noites do ano,
Ah, que demônio me tentou até aqui!
Bem, agora eu conheço esse sombrio lago de Auber,
Essa região enevoada de Weir,
Bem, agora eu conheço esse úmido lago de Auber,
Esse bosque assombrado de Weir".

PARA HELENA I

Te vi somente uma vez – e não mais que uma vez – anos atrás:
Não devo dizer quantos, mas não muitos.
Era meia-noite de julho, e de uma
Lua cheia que, como tua própria alma, sublime,
Procurava um caminho súbito pelo céu.
De lá pendia prateado e sedoso véu,
Em quietude, e abafamento, e modorra,
Sobre as faces revolvidas de milhares de rosas
Que cresciam em um jardim encantado,
Onde nenhum vento ousava passear, só nas pontas dos pés –
Caí sobre essas rosas de faces reviradas,
Que se esgotavam, em troca da luz do amor,
Suas almas odorosas em uma morte imobilizadas –
Caí nessas rosas de faces reviradas,

Que sorriam e morriam pela poesia
De tua presença e por ti encantadas.

Toda vestida em branco, apoiada em uma encosta violeta,
Eu te vi como que reclinada; enquanto a lua
Caía sobre rosas de faces reviradas
E sobre a sua própria, revolvida, ai, em tristeza!

Não foi o destino que, nessa meia-noite de julho –
Não foi o destino (cujo nome também é tristeza),
Que me fez estancar diante desse portão de jardim
Para inalar o incenso daquelas rosas adormecidas?
Não se ouviu passo: todo o mundo odiado dormia,
Exceto eu e tu. Ó, Céus! Ó, Deus!
Quantos corações essas duas palavras deixam afinados,
Exceto o meu e o teu. Hesitei. Olhei.
E em um instante tudo desapareceu.
Ah, não te esqueças que esse jardim era encantado!

Da lua surgiu o brilho perolado,
Os bancos de musgo e os caminhos sinuosos,
As flores alegres e as árvores queixosas
Não puderam mais ser vistas: o exato odor das rosas
Morreu nos braços do ar venerado.
Tudo, tudo cessou, exceto tu, exceto ninguém além de ti:
Exceto a divina luz de teus olhos
Exceto a alma em teus sublimes olhos.

Nada vi além deles – eram o mundo para mim!
Nada vi além deles – era tudo o que eu via por horas e horas,
Nada vi além deles até que a lua descesse
Para deixar inscritos esses corações selvagens e suas histórias.

Sobre aquelas esferas cristalinas, celestiais
Quão obscura uma tristeza, embora tão sublime uma esperança!
Quão silenciosamente sereno um mar de arrogância!
Quão ousada uma ambição, embora imensa,
Quão incompreensível capacidade para benquerença!

Mas agora, finalmente, querida Diana de vista sumiu,
Mergulhada numa nuvem de trovoada,
E tu, um fantasma, cercado de árvores enterradas,
Deslizaste. Apenas teus olhos permaneceram;
Eles não partiriam – eles nunca nem foram;
Iluminando meu solitário caminho para casa naquela noite,
Ao contrário das minhas esperanças, eles não me deixaram;
Eles me guiam pelos anos, me acompanham.
Eles são meus senhores. E eu, seu escravo.
Seu papel é iluminar e acender
Meu dever, por seu brilho ser salvo,
Em seu fogo eletrizante ser purificado,
Em seu fogo elísio ser santificado,
Eles enchem minha alma com beleza (que é esperança),
E estão lá no céu – as estrelas para as quais me ajoelho

Nas tristes e silenciosas vigílias da minha noite;
Enquanto até o fulgor do dia, culminante
E ainda os vislumbro – tão docemente cintilantes
Vênus, inextinguíveis pelo sol!

ANNABEL LEE

Foi há muitos, muitos anos,
Em um reino à beira-mar, distante daqui,
Que viveu uma donzela conhecida
Pelo nome de Annabel Lee.
E essa donzela outro desejo não tinha:
Amar e por mim ser amada era o que lhe convinha.

Eu era uma criança e ela também,
Nesse reino à beira-mar, distante daqui,
Mas nosso amor era mais que amor,
Eu e minha Annabel Lee,
Que até os serafins alados
Cobiçavam nosso amor encantado.

Foi por isso que tempos atrás
Nesse reino à beira-mar, distante daqui,
Numa noite fria um vento soprou
Congelando minha Annabel Lee,
Que sua nobre família de mim a levou
Para num sepulcro a trancar
Nesse reino à beira-mar, distante daqui.

Os anjos, que de tal felicidade nem perto chegaram,
Ainda invejavam a ela e a mim,
Sim! Foi por isso que (todo mundo sabe
Nesse reino à beira-mar, distante daqui,
Que um vento soprou, congelando
E matando minha Annabel Lee).

Mas nosso amor era mais forte
Que o daqueles mais velhos que nós,
Daqueles muito mais sábios que nós,
E nem os anjos no céu
Nem os demônios lá de baixo, longe daqui,
Poderão nunca separar minh'alma da alma
Da linda Annabel Lee.

Pois a lua nunca brilha sem trazer à minha trilha
Sonhos da linda Annabel Lee;
E as estrelas nunca despontam, mas vejo olhos que cintilam
Da linda Annabel Lee;
E toda a noite, ao lado eu me deito
De minha querida, minha querida, minha noiva, minha vida
Em seu sepulcro à beira-mar, longe daqui.
Em sua tumba à beira-mar, longe daqui.

ELDORADO

Jovialmente adornado
Um cavaleiro requintado,
Sob o sol e sob a sombra
Longamente viajou
Enquanto canções cantou,
Em busca de Eldorado.

Mas ele envelheceu –
Confiante permaneceu –
Sobre seu coração uma sombra
Recaiu, quando nem tinha farejado
Qualquer sinal de um lugar
Que parecesse Eldorado.

E quando por fim não aparentava
Que força alguma ainda lhe restava
Ele encontrou a sombra de peregrino –
"Sombra", disse ele,
"Onde é, me revele,
Que fica essa terra de Eldorado?".

"Atrás das Montanhas
Da Lua,
Do Vale da Sombra, ao lado
Siga, audaciosamente, siga",
Disse a Sombra amiga,
"Se procura por Eldorado!"

EULALIE

Sozinho eu habitava
Um mundo que lastimava
E minh'alma era uma onda parada
Até que a bela e gentil Eulalie tornou-se
minha noiva acanhada
Até que a jovem de cabelos dourados Eulalie
tornou-se minha noiva iluminada.

E é menos iluminada
A noite estrelada
Do que os olhos da garota mais radiante que vi!
E nunca uma faísca
Que do vapor trisca
Com o matiz arroxeado e perolado
Pode competir com o cacho mais ignorado da modesta Eulalie,
Pode se comparar com o cacho mais honesto e descuidado da
iluminada Eulalie.

Agora dúvida, agora dor,
Não voltem mais, por favor,
Pois sua alma me causa lamento atrás de lamento
Ao longo da toda a jornada,
Brilha, clara e afiada
Astarte[8] no firmamento,
Enquanto para ela se vira com olhos de matrona a querida Eulalie,
Enquanto para ela se vira com olhos violeta a jovem Eulalie.

8 Ver nota 5.

UM SONHO DENTRO DE UM SONHO

Com um beijo na testa
Me despeço agora com pressa
Mas sou aquele que confessa
Que não está errado quem julgaria
Que um sonho tem sido meus dias;
Mesmo quando a esperança se refugia
Em uma noite ou em um dia,
Em uma visão ou em nenhuma
Era, assim, o que menos se perdia?
Tudo o que vejo ou que suponho
Não passa de um sonho dentro de um sonho.

No meio do ronco dessa praia turbulenta
É onde minh'alma se assenta
E nas mãos apertadas
Trago grãos de areias douradas,
Tão poucos! Mas ainda me escapam,
Por meus dedos deslizam,
Enquanto lamento, enquanto lamento!
Ó, Deus! Deixar-me-á agarrá-los, imploro,
Com mãos que bem firme os apertam?
Ó, Deus! Deixar-me-á vossa vontade gloriosa
Um apenas salvar da onda impiedosa?
Tudo o que vejo ou que suponho
Não passa de um sonho dentro de um sonho?

ELEONORA

Ah, que quebrem as tigelas!
Para sempre o espírito solto voa!
Que dobrem os sinos!
Uma alma santa sobre o rio Estige[9] flutua;
Guy De Vere,[10] teus olhos secaram?
Última oportunidade de chorar agora!
Em um distante, triste e rígido ataúde
levaram teu amor, Eleonora!

9 Na mitologia grega, é uma ninfa e um rio infernal dedicado a ela. É também o nome do rio da invulnerabilidade.

10 (não há esta nota)

Venha! Que os ritos fúnebres sejam lidos e a canção fúnebre, cantada!
Um hino para a morta mais majestosa cuja vida cedo foi ceifada,
Uma elegia para a duplamente morta, pois cedo sua vida foi ceifada.

"Miseráveis! A amaram por sua riqueza e por seu brio a odiaram,
Mas quando sua saúde virou fraqueza, ela morreu e a abençoaram!
Como pode agora o rito ser lido? O réquiem ser cantado de forma honrosa
Por vós, com olhos malignos; por vós, com língua caluniosa,
Que levaram à morte uma inocente, cuja vida cedo deixou de ser ditosa?"

Pecamos, mas não delire, então! E deixe uma sabática canção
Chegar a Deus solenemente que a morta pode sentir sua imperfeição!
A doce Eleonora já partiu com a esperança de companhia
Deixando-o louco, pois dessa doce criança tua noiva faria,
Por ela, a bela e jovial, que lá embaixo agora jaz,
A vida sobre seu cabelo celestial, mas em seus olhos não encontra paz,
A vida ainda lá, em seu cabelo celestial, mas a morte em seus olhos jaz.

"Avante! Esta noite meu coração está leve! Nenhuma elegia irei suscitar,
Mas que o anjo sobre seu voo um hino aos velhos dias possa soprar!
Não deixe o sino dobrar!
Temendo que sua doce alma, no meio de sua bendita alegria,
Possa segurar a nota, enquanto ela flutua por sobre a Terra sombria.
Aos amigos de cima, dos demônios de baixo,
O fantasma indignado está rasgado,
Do inferno para um lugar no céu abençoado,
Do pesar e padecer, ao lado do Rei do céu, em um trono dourado."

O COLISEU

Símbolo da Roma antiga! Rico relicário
De contemplação elevada deixado ao tempo
Por séculos enterrados de pompa e poder!
Por fim, por fim, após tantos dias
De maçante peregrinação e sede ardente,
(Sede das fontes de saber que em ti quedam)
Me ajoelho, um homem mudado e humilde,
Em meio às tuas sombras, e então bebo
Em minh'alma à tua grandeza, brilho e glória!

Vastidão! E tempo! E memórias da Antiguidade!
Silêncio! E desolação! E sombria noite!
Eu te sinto agora – te sinto em tua força
Ó, feitiços mais certos do que qualquer rei judaico
Ensinados nos jardins de Getsêmani![11]
Ó, magia mais potente que o caldaico[12] arrebatado
Lançado das pacatas estrelas!
Aqui, onde um herói caiu, tomba uma coluna!
Aqui, onde a águia imitadora fulgurou em ouro,
Uma vigília da meia-noite sustenta um morcego trigueiro!
Aqui, onde as damas de Roma seus cabelos dourados
Balançavam ao vento, agora balançam o junco e o cardo!
Aqui, onde sobre um trono dourado o monarca se refestelava,
Desliza, como um espectro, para dentro da marmórea morada,
Iluminado por uma descorada lua crescente,
O veloz e silencioso lagarto das pedras!

Mas fica! Esses muros, essas arcadas vestidas de hera,
Esses pedestais em ruínas, essas hastes tristes e enegrecidas,
Esses entablamentos vagos, esses frisos esfacelados,
Essas pedras, ai!, essas pedras cinzentas, foram todos
Todos os célebres e colossais deixados
Pelas corrosivas horas ao destino e a mim?

---

11 É um jardim situado no sopé do Monte das Oliveiras, em Jerusalém, onde Jesus e os apóstolos teriam orado na noite anterior à crucificação de Jesus.
12 Língua do povo que habitava a Caldeia, região no sul da Mesopotâmia.

"Não todos", os ecos me respondem, "não todos!
Proféticos e altos sons elevam-se para sempre
De nós, e de toda a ruína, para o sábio,
Como a melodia, de Mêmnon[13] para o sol.
Dominamos os corações dos mais poderosos homens, dominamos
Com um vaivém despótico todas as mentes gigantes.
Não somos impotentes, nós, pálidas rochas.
Nem todo nosso poder se foi, nem toda nossa fama,
Nem toda a mágica do nosso aclamado renome,
Nem toda a maravilha que nos cerca,
Nem todos os mistérios que em nós se encerram,
Nem todas as lembranças que de nós pendem
E a nós se agarram feito roupa,
Nos cobrindo com um manto que contém mais do que glória."

13 Na mitologia grega, era um rei etíope, filho de Titono e Eos.

O PALÁCIO ASSOMBRADO

No mais verde dos vales
Morada de anjos generosos
Um belo e imponente palácio
Erguia sua cabeça, grandioso.
E lá ficou
No mais soberano domínio
Nunca um serafim voou
Sobre edifício nem de longe tão apolíneo

Estandartes amarelos, gloriosos, dourados,
Sobre seu teto flutuavam e ondulavam
(Isso, tudo isso, num tempo passado
É onde essas lembranças ficavam)
E um ar suave soprava
Naquele dia agradável,
Sobre o parapeito emplumado e pálido pairava
Um odor detestável.

Viajantes pelo vale feliz andavam,
Por duas janelas luminosas, viram
Espíritos que à música se movimentavam
E às regras de um bem afinado alaúde obedeciam,
Ao redor de um trono onde, sentado
O herdeiro
Em estado de glória bem adequado
Governante do reino a público veio.

Com pérolas e rubis a reluzir
Estava a bela porta do palácio
Pela qual começaram a surgir, surgir, surgir,
Com brilho violáceo
Um grupo de ninfas se dedicando ao trabalho com destreza
Que consistia em cantar
Em vozes de transcendente beleza
A esperteza e sabedoria do rei e o exaltar.

Mas a maldade, em manto de tristeza,
Assaltou a soberana propriedade
(Ah, lamentemos, pois nunca que a tristeza
Deve de sua solidão compreender a vontade!)
E ao redor de sua casa a glória
Que um dia floresceu
Não passa agora de vaga memória
De um passado que já morreu.

Naquele vale, agora os viajantes,
Por janelas de luzes avermelhadas
Veem vastas formas, que se movem tremulantes
Ao som de melodias mal-arranjadas,
Enquanto jaz um rio sagaz e horripilante,
Pela porta de cor rala
Uma abominável multidão segue errante
E ri, mas o sorriso se cala.

O VERME VENCEDOR

Olha! Era uma noite de gala
Naqueles últimos anos abandonados
Uma multidão de anjos com asas como palas
Em véus, e em lágrimas afogados,
Sentados em um teatro, para ver
Uma peça de esperança e medo constatado,
Enquanto a orquestra respira sem ceder.

Pantomimas, na forma de Deus elevado,
Baixo murmuram e sussurram,
Voam por toda parte apressados,
Meros fantoches, que vem e vão
Ao gosto de seres disformes,
Que mudam de cenário à exaustão,
E batendo asas de condor enorme
Espalham invisível desolação.

Aquele drama em mosaico, pode-se crer,
Não deverá ser esquecido,
Seu espectro perseguido sempre vai ser
Por uma multidão que não desfruta o ocorrido,
Através de um círculo que nunca volta
Ao mesmo ponto conhecido,
E de muita loucura e mais ainda pecado,
Além do horror da alma do enredo estabelecido.

Mas, veja, em meio ao tumulto fingido,
Um ser rastejante infiltrado,
Vermelho cor de sangue, todo contorcido
Da solidão do cenário montado
Se contorce, se contorce, com agonia mortal
A pantomima se torna seu alimento sagrado
E os anjos soluçam diante do canino bestial
De sangue humano impregnado.

As luzes estão todas apagadas,
E sobre cada forma em tremor,
Como um pano mortuário, a cortina empolada
Desce com a pressa de um raio perturbador,
E os anjos, todos pálidos e abatidos,
Afirmam, com surpreendente ardor,
Que a peça é uma tragédia, "homem",
E que seu herói é o verme vencedor.

SILÊNCIO

Há algumas qualidades – muitas vezes associadas,
Que dupla vida têm, sendo assim realizado
Um tipo gêmeo da entidade que é gerada
De matéria e de luz, em corpo e sombra revelado.

Há duplos silêncios, o do mar e o da praia,
O do corpo e o da alma. Um mora em moradas solitárias,
Com grama recém-crescida; com graças que o atraia,
Alguns saberes chorosos e humanas memórias,

O despojam de terror: seu nome é "Nunca Mais".
Ele é o silêncio incorporado: não o tema jamais!
Mal ele não faz. Mas se algum destino inadiável
Prematuro, te cruzar com a sombra de um elfo inominável
Que assombra onde ninguém ousou pisar,
Pode a Deus sua alma encomendar.

TERRA DOS SONHOS

Por um caminho solitário e obscuro,
Assombrado por anjos impuros,
Onde um espírito de "Noite" chamado,
Num trono negro reina inalterado.
A essas terras há pouco cheguei,
Vindo de sombria Thule,[14] para trás deixei
Um clima selvagem, sublime e alheado,
De espaço e de tempo deslocado.

14 Na Grécia e Roma antigas, era considerado o lugar mais ao norte conhecido. Na geografia medieval, pode significar qualquer lugar distante, para além dos limites conhecidos.

Vales sem fundo e pântanos sem fronteira
Abismos, cavernas e bosques ticianos sem beira
Formas que impedem que se desvendem
Com gotas de orvalho que tudo cobrem,
Montanhas para sempre balançando
Sobre mares onde praias estão faltando,
Mares que aspiram agitados
Subindo a céus afogueados,
Lagos que espalham infinitamente
Suas águas solitárias, solitárias e dormentes,
Suas águas paradas, paradas e geladas,
Com as flores pendendo nevadas.

À beira de lagos que espalham infinitamente
Suas águas solitárias, solitárias e dormentes,
Suas águas tristes, tristes e geladas,
Com as flores pendendo nevadas,

Ao pé de montanhas próximas ao rio,
Murmurando baixinho um murmúrio como um pio,
Ao lado de cinzentos bosques que o pântano ladeiam
Onde o sapo e a salamandra acampam
Ao lado de piscinas e tristes lagos
Onde os monstros estão domiciliados,
Em cada canto o mais diabólico,
Em cada esconderijo o mais melancólico,

O viajante encontra aterrorizado
Memórias recortadas do passado,
Formas ocultas que encetam e suspiram
Enquanto pelo andarilho passam,
Amigos em trajes translúcidos
À Terra e ao céu há muito partido.

Para o coração cujas tristezas são legião
Esta é um pacata e relaxante região,
Para o espírito que à sombra tem caminhado
Aqui é, aqui é o Eldorado!
Mas o viajante que por aqui passar
Não pode, não deve abertamente contemplar;
Nunca seus mistérios são revelados
Para o fraco olho humano vedado,
Assim deseja o rei que proibiu sem mais nada
O levantar da pálpebra cerrada,
Assim a triste alma que por aqui passa lentamente
Contempla senão por escurecidas lentes.

Por um caminho solitário e obscuro,
Assombrado por anjos impuros,
Onde um espírito de "Noite" chamado,
Num trono negro reina inalterado,
Por meu lar tenho vagado,
Vindo de sombria Thule, que havia deixado.

SOZINHO

Minhas horas de infância não foram assim
Como as dos outros; lá eu não vi
Como viram os outros; não pude trazer
Das mesmas origens o prazer
Das mesmas fontes não tirei
Minha tristeza; não acordei
Meu coração para as alegrias do mesmo caminho
E tudo que eu amei, eu amei sozinho.
Então, na minha infância
Da turbulenta vida quando criança
Tirei do bem e do mal profundo
O mistério que mantém parado meu mundo,
Da torrente ou da fonte
Do penhasco vermelho sobre o monte

Do sol que me envolveu em abandono
Da tinta dourada de seu outono,
Da luz no firmamento
Enquanto me prendia em seu momento
Do trovão e da tempestade,
E da nuvem que, na verdade
(Quando o resto do céu azul ficou)
A forma de um demônio ela tomou.

UMA NAMORADA

Para ela esse poema foi escrito, cujos olhos luminosos
Como os gêmeos de Leda,[15] expressivos brilhantemente,
Encontram seu nome sobre a página deitado e harmonioso
E de cada leitor protegido cuidadosamente.
Se procurar nas entrelinhas, encontrará um tesouro
Divino – um talismã – um amuleto
Que deve ser usado perto do coração, como ouro.
Procure bem a medida, as palavras, as sílabas! Dê um jeito
De não esquecer o mais trivial, ou seu trabalho perdido estará!
Mesmo que não haja nó górdio envolvido,

15 Na mitologia grega, era rainha de Esparta, esposa de Tíndaro.

Um que nem com sabre se desfará,
Se o enredo puder meramente ser desvendado.
Inscritas sobre a folha onde agora olhos espreitam
Uma alma cintilante, três palavras eloquentes
Se escondem e se esquivam
De poetas e por poetas proferidas frequentemente.
Essas letras, embora mintam naturalmente
Como o cavaleiro Ferdinando Mendez Pinto,[16]
São sinônimo da Verdade. Pare, nem tente!
Embora muito tente, não desvendará o enigma, eu sinto.

16 Aventureiro e explorador português do século XVI.

PARA ALGUÉM NO PARAÍSO

Tu fostes tudo para mim, amor,
Por quem minha alma definhou, coitada –
Uma verde ilha ao mar, amor,
Uma fonte e um templo,
Todo cingido com frutas e flores delicadas.
E todas as flores em mim faziam morada.

Ah, um sonho muito vivo para durar!
Ah, esperança estrelada!
Cresceu para ser ofuscada
Uma voz do futuro a chamar,
Prossegue, prossegue, mas sobre o passado
(Abismo obscuro!) meu espírito está a plainar
Mudo, sem ação, horrorizado!

Mas, ai!, ai!, comigo
A luz da vida é finda
Cessou, cessou, cessou –
(Que língua mantém unido
O solene mar à praia)
Florescerá a árvore por um raio atingida
Ou pairará a águia ferida!

Meus dias como êxtase são,
Todos os meus sonhos noturnos vão
Onde teus olhos escuros contemplam
E onde meus passos vislumbram –
Em que danças etéreas firmam,
Que fluxos eternos atravessarão.

UM ENIGMA

"Raramente encontramos", Solomon Don Dunce[17] diz,
"Metade de uma ideia no soneto mais profundo.
A coisa mais insignificante que vemos não condiz
Nem quando pelo chapéu de Nápoles mais belo do mundo.

Lixos dos lixos! Como pode usá-lo uma fada?
Embora mais pesado que os arranjos de Petrarca
Sabedoria sem sentido que à mais leve lufada
Vira rascunho antes mesmo que deixe sua marca."

17 Personagem criado por Poe.

E Solomon certo, na verdade, estava.
O decoro geral é conhecido,
De borbulhas – efêmeras e tão óbvias – não passava
Mas, é certo, a ele pode ficar submetido.

Estável, opaco, imortal – pelo poder
Dos mais caros nomes que nele podem se esconder.

PARA MINHA MÃE

Sinto que lá em cima no céu,
Os anjos, sussurrando ao léu,
Nunca viram em termos de amor
Como o de mãe nenhum com tanto fervor
De mãe há muito tenho lhe chamado
Tu mais do que isso para mim tem significado
E enche meu coração onde a morte te instalou
Porque de meu espírito de Virgínia me libertou
Minha mãe, minha própria mãe, que morreu cedo
Era apenas minha mãe, mas tu, eu concebo,
É mãe daquela que amei mais profundamente
Então é mais cara que aquela de quem vim naturalmente
Pela grandeza com que minha esposa querida
Era mais cara à minha alma do que minha própria vida.

PARA F___

Amada! Em maio à mais intensa tristeza
Que se amontoa sobre meu caminho terreno
(Árido caminho, pobre de mim, onde não há destreza
Que faça com que a mais solitária rosa cresça)
Minha alma um conforto tem, ao menos,
Quando contigo sonha e aí encontra com certeza
Leve repouso em um Éden de beleza.

Assim a lembrança que de ti guardo
Como alguma ilha distante encantada
Em algum mar agitado
Um oceano palpitante longe e libertado
Com tempestades, mas onde se prepara
O mais sereno céu sobre a ilha iluminada
Para despejar sua risada.

PARA FRANCES S. OSGOOD

Quiseste ser amada? Então não deixes teu coração
Desse presente caminho se desviar
Sendo tudo que tu és de antemão
Não sejas nada que vá te transformar.

Assim teu jeito delicado
Tua graça, tua beleza suprema
De elogio dedicado
E de amor comporão infinito tema.

HINO

De manhã, ao meio-dia e no escuro do crepúsculo vindo,
Maria! Ouvistes meu hino!
Na alegria e na tristeza! Na saúde e na doença.
Mãe de Deus, peço, não me trateis com negligência!
Quando as horas voando passaram
E as nuvens no céu nada formaram
Minh'alma, para que não ficasse a vagar,
Vossa graça a conduziu para vosso altar.
Quando agora tempestades do destino ofuscam
Meu presente e meu passado anuviaram
Deixai meu futuro brilhar radiante
Com doces esperanças de vosso reino adiante.

POR ANNIE

Graças a Deus! A crise,
O perigo passou felizmente
E a doença que se arrastava
Acabou finalmente
E a febre chamada "Vida"
Foi dominada finalmente.

Muito triste, eu sei
De minha força fui privado de repente
E nenhum músculo movo
Quando me deito completamente
Mas não importa! Eu sinto,
Estou melhor, finalmente.

E descanso agora
Em minha cama com calma,
Que aquele que olhasse
Julgaria meu corpo sem alma
Deve julgar olhando para mim
Que meu corpo não tem alma.

As lamúrias e os gemidos
Os suspiros e choramingos
Foram agora detidos
Por aquele horrível latejar
No coração – ah, aquele horrível
Horrível latejar.

Acabou o enjoo – a náusea –
A dor implacável cessou
Juntamente com a febre
Que minha cabeça alucinou
Com a febre chamada "Vida"
Que minha cabeça incendiou.

Ó, de todas as torturas possíveis –
A pior delas, eu digo –
Aliviou a terrível
Tortura da sede
Do rio de naftalina
Da paixão execrável:
Bebi de uma água que
Mata todas as sedes.

De uma água que corre
Com melodia de canção de ninar
De uma fonte bem poucos
Pés abaixo do chão a estar –
De uma caverna não muito longe
Abaixo do chão a estar.

Ah, não deixemos que nunca
Se diga de forma leviana
Que meu quarto é lúgubre
E estreita é minha cama
Pois quem diz nunca dormiu
Em diferente cama?
E para dormir é preciso cochilar
Nessa mesmíssima cama.

Meu espírito atormentado
Suavemente aqui repousa
Esquecendo, ou nunca
Lamentando suas rosas,
Suas antigas agitações
De murtas e rosas.

Certamente ele preferiria
Por ora, muito quietamente deitado,
Vindo de amores-perfeitos
Um odor mais perfumado
Um perfume de alecrim
Com amores-perfeitos misturados
Com arruda e os belos
E puritanos amores-perfeitos misturados.

E então lá está deitado feliz
Banhando-se
Em um sonho da verdade
E da beleza de Annie –
Afogado em uma banheira de tranças de Annie.

Docemente ela me beijou
Ternamente me acariciou
E suavemente eu caí
Para em seus braços dormir –
Profundamente dormir
No paraíso de seus braços.

Quando a luz se apagou
Ela me cobriu de calor
E aos anjos rezou
Para longe do perigo me manter –
Para o mais supremo anjo
Para do perigo me proteger.

E me deito agora
Em minha cama com calma
(Conhecendo seu amor)
Que julga meu corpo sem alma
E descanso agora
Em minha cama com calma
(Com seu amor no meu peito)
Que julga meu corpo sem alma
Que estremece de olhar pra mim
Achando meu corpo sem alma.

Mas meu coração brilha mais
Que todas as muitas
Estrelas no céu,
Pois que cintila com Annie –
Ele reluz com a luz
Do amor de minha Annie –
Com a lembrança da luz
Dos olhos de minha Annie.

PARA MARIE LOUISE SHEW I

De todos que saúdam tua presença pela manhã –
De todos para quem tua ausência é a noite –
A mancha que vem completamente das alturas
O sol sagrado – de todos que, chorando, a abençoam
Hora a hora por esperança – por vida – Ah, acima de todos,
Pela ressurreição lá no fundo da fé enterrada
Na verdade – na virtude – na humanidade –
De todos que se deitaram na cama
Profana do desespero, de repente se levantaram
Ao murmúrio suave das palavras "Que se faça a luz!"

Ao murmúrio suave das palavras que foram realizadas
No vislumbre seráfico de teus olhos –
De todos que mais devem a ti – cuja gratidão
Lembra de perto a veneração – ó, lembra-te
Do mais verdadeiro – o mais fervoroso devoto,
E pense que essas débeis linhas por ele são escritas –
Por ele que, enquanto as escreve, tremula ao pensar
Que seu espírito está com os anjos a comungar.

PARA MARIE LOUISE SHEW II

Não faz muito tempo, o autor destas linhas,
No louco orgulho da intelectualidade,
Manteve o "poder das palavras" – negou que algum dia
Um pensamento tivesse nascido no cérebro humano,
Além da enunciação da língua humana:
E agora, como que zombando daquele despautério,
Duas palavras[18] – dois doces dissílabos estrangeiros –
Tons italianos, feitas apenas para serem murmuradas
Por anjos sonhando ao luar, "orvalho
Pendente das correntes de pérolas no Monte Hermon"[19] –
Revolveram do abismo de seu coração,

18 Alusão ao nome de Marie Louise.
19 No Novo Testamento, o monte onde houve a Transfiguração de Jesus.

Pensamentos controversos que são a alma do pensamento,
Mais ricas, maiores, visões muito mais divinas
Que nem mesmo o harpista seráfico, Israfel[20],
(Que tem "a mais doce voz de todas as criaturas de Deus")
Esperaria proferir. E eu! Meus encantos se quebraram.
A caneta pende sem força da minha mão trêmula.
Com seu caro nome como texto, embora impelido por ti,
Não posso escrever – não posso falar ou pensar –
Pobre de mim! Não posso sentir; pois que não é sentimento,
Essa posição imóvel diante do limiar
Dourado do portão escancarado dos sonhos,
Contemplando, arrebatado, abaixo da esplêndida vista,
E eletrizante como eu vejo, para a direita,
Para a esquerda, e por todo o caminho,
Em meio às púrpuras brumas, bem longe
Para onde o panorama finda – apenas ti!

20 Um dos quatro arcanjos islâmicos.

A CIDADE NO MAR

Olha! A morte edificou um trono
Sozinho em um lugar estranho
No escuro oeste, no lado inferior
Onde o bom e o mau e o pior e o melhor
Se foram para um descanso eterno.
Seus templos e palácios e torres e crenças
(Torres carcomidas pelo tempo impassíveis!)
Lembram nada que nos pertença
Ao redor, por ventos estimulantes esquecidos,
Resignadamente sob as nuvens
As melancólicas águas se estendem.

Nenhum raio desce do céu sagrado
Na cidade, durante período noturno demorado
Mas a luz que vem do mar horripilante
Flui para os torreões silenciosamente
Fulgura nos picos distantes e venturosos –
Nos domos – nos ápices – nos salões majestosos –
Nos templos – nos muros babilônicos –
Nos caramanchões sombrios há muito esquecidos
Em muitos e muitos templos admirados
Cujos frisos estão intrincados
A viola, a violeta e a videira.

Resignadamente sob as nuvens
A melancólicas águas se estendem.
Então os torreões e as sombras lá se misturam
Onde todos no ar se penduram
Enquanto de uma altiva torre na cidade
A morte tudo observa com superioridade.

Lá templos abertos e túmulos destampados
Com as ondas luminosas escancarados,
Mas não as riquezas que lá se estendem
Em cada olho de diamante da imagem –
Não os mortos garbosamente adornados
Tentam as águas de seus leitos acomodados,
Por cachos ondulados, não!
Ao longo da vítrea vastidão –
Nenhuma distensão garante que os ventos deslizantes
Podem estar na direção de um mar mais feliz e distante
Nenhuma alusão arfante de que os ventos tenham passado
Por mares terrivelmente menos pacatos.

Mas, veja, um alvoroço está no ar!
A onda se move no mar!
Como se as torres tivessem de lado jogado
A maré tediosa após ter levemente afundado –
Como se os topos tivessem debilmente deixado
Um vazio no céu enevoado.
As ondas estão agora mais avermelhadas,
As horas respiram baixas e desmaiadas –
E quando, em meio a lamentos mundanos,
Lá embaixo a cidade se firma daqui para a frente,
Inferno, emergindo de mil tronos,
Deverá se fazer reverente.

A ADORMECIDA

À meia-noite em um mês de junho
Sob a lua mística me interponho
Uma fumaça narcótica, úmida e enevoada,
Exala de sua aba dourada,
E suavemente pinga, gota a gota,
Sobre o cume da montanha pacata
Move-se de maneira musical e doentia
Pela universal pradaria.
O alecrim sobre o túmulo cai
O lírio sobre a onda se contrai
Acolhendo a névoa em seu peito
A ruína desfaz-se em seu leito.

Parece Lete,[21] vê! O lago inspira
E um cochilo consciente tira
E, em nome do mundo, dormindo se vira,
Toda a beleza dorme! Vê, onde reclina
(Sua servidão aos céus destina)
Irene,[22] com sua sina!

Ó, radiante dama, certo pode ser
Essa janela para a noite a se estender?
Os ares caprichosos, do topo da árvore vindo,
Rindo e com o declive da treliça se divertindo –
Os ares imateriais, uma rota de magia,
Esvoaçando-se por seu quarto, dentro e fora se evadia,
E balançava o dossel da cortina,
Tão intermitentemente, com tamanha fobia –
Por sobre a pálpebra fechada e ciliada
Sob a qual tua alma dormente se mantinha acobertada,
Sobre o chão e parede, as veem
Como fantasmas as sombras surgem e desaparecem
Ó, querida dama, tens medo?
Teus sonhos são feitos de quais enredos?
Certamente vêm de mares distantes
Uma surpresa para essas árvores verdejantes!
Estranha é tua palidez! Estranho teu vestido!
Estranho, acima de tudo, como teu cabelo está comprido,
E se faz um silêncio contido!

---

21 Ver nota 7.

22 Na mitologia grega, era uma das Horas, deusa guardiã da ordem natural, do ciclo anual de crescimento, da profecia e da vegetação e das estações climáticas.

A dama dorme! Já que se desliga do mundo
Que seja um sono profundo!
Que esteja nos braços do senhor do mundo!
Este quarto ficou mais sagrado
Este leito de mais melancolia foi tomado,
Rezo a Deus para a proteger
Para sempre seus olhos escurecer,
Enquanto o sombrio fantasma na sua frente aparecer!

Meu amor, ela dorme! Já que se esquece do mundo
Que seja um sono profundo!
Que nunca perto dela cheguem os vermes imundos!
Longe na floresta, escura e velha,
Um alto mausoléu se abrirá por ela
Um mausoléu que atira suas colunas
Negras e aladas sacudindo uma a uma,
Triunfante, sobre as mortalhas cristadas,
Dos funerais de sua grande família –
Um sepulcro, remoto, abandonado,
Contra o qual ela havia jogado
Quando criança uma pedra inútil –
A porta de uma tumba rangia,
Barulho igual há muito não se ouvia,
Aterrorizada a pensar, pobre filha do pecado!
O gemido que se ouvia era do morto enterrado.

A BALADA NUPCIAL

O anel em minha mão está,
A grinalda, em minha cabeça;
Cetim e grandiosas joias ele me dá
Tudo para me agradar,
E agora estou feliz à beça.

Meu senhor, ele diz bem me amar;
Mas, quando primeiro exprimiu sua preferência,
Senti meu peito inflar,
Pois as palavras como um sino ficaram a se pendurar
E a voz pareceu a dele – que se fez deixar
Em um pequeno vale sucumbir ao guerrear,
E agora está feliz à beça.

Mas ele falou para me tranquilizar
E beijou minha pálida cabeça,
Enquanto um devaneio tomou-me
E para o cemitério carregou-me
E eu suspirei para ele diante de mim,
Julgando-o morto, ele, D'Elormie,[23]
"Ó, e agora estou feliz à beça!"

E assim as palavras foram ditas,
Essa foi a prometida preferência,
E embora minha fé tenha sido partida,
E embora minh'alma tenha sido partida,
Tome a prova dourada,
Que mostra que agora estou feliz à beça!

Quisera Deus que eu estivesse acordada,
Pois como sonho não sei, não me peça,
E minh'alma foi gravemente balançada
Para que nenhuma maldade seja consumada,
Para que o morto abandonado
Não esteja agora feliz à beça.

---

23 Personagem criado por Poe.

PARA ZANTE[24]

Bela ilha, aquela das mais belas flores,
Teu nome é o mais delicado entre os
mais delicados que existem,
Quantas lembranças das mais radiantes horas
À menor visão de ti surgem!

24 Ilha grega no Mar Jônico.

Quantas cenas daquela felicidade passada!
Quantos pensamentos daquelas esperanças sepultadas!
Quantas visões de uma donzela formada
Não mais – não mais sobre as encostas verdejadas!

Não mais! Ai, aquele som triste e mágico
Transformando tudo! Teus encantos agradarão não mais
Tua lembrança, não mais! Chão maldito
De agora em diante eu carrego tua praia com flores demais,
Ó, ilha de jacintos! Ó, púrpura Zante!
"Isola d'ro! Fior di Levante!"

SONETO À CIÊNCIA

Ciência! Filha verdadeira dos tempos antigos!
Quem todas as coisas com teus olhos à espreita muda.
Por que oprime o coração do poeta,
Abutre, cujas asas são uma realidade obtusa?
Como ele poderia amar-te? Ou como julgar-te sábia,
Quem não o abandonaria em seu vagar
Em busca de tesouros no céu enfeitado
Embora com asas indômitas consiga planar?
Diana[25] de sua carruagem não arrastaste?
E Hamadríade[26] das florestas tiraste,
Em alguma estrela mais feliz a abrigaste?

25 Ver nota 6.
26 Na mitologia grega, ninfa que nasce e vive nas árvores.

E Náiade[27] de suas águas não arrancaste,
O elfo da grama verde, e de mim
O sonho de verão debaixo do pé de tamarindo ceifaste?

27 Na mitologia grega, ninfa com aparência de sereia que tem o dom da cura e da profecia e controla e protege as águas.

PARA HELENA II

Helena, para mim tua beleza,
Como aqueles barcos de Niceia[28] do passado
Que suavemente, sobre as águas desliza,
Carregadas pelo viajante desgastado
Para seu litoral inato.

Sobre águas desesperadas, por seu costume vaga.
Teu cabelo de jacinto, teu rosto clássico
Teus ares de Náiade,[29] me trouxeram para casa.
Para a glória que foi a Grécia clássica,
E para Roma, vasta.

---

28 Na mitologia grega, é uma ninfa que quer permanecer virgem. Passa o tempo a caçar nas montanhas.

29 Ver nota 27.

Olha! Lá longe naquela janela,
Tal qual estátua te vejo ereta
A luz de ágata em minha mão secreta!
Ah, Psiquê,[30] de regiões aquelas
Que a terra santa decreta!

30 Ver nota 3.

O VALE DA INQUIETUDE

Uma vez ele sorriu como um vale remansado
Totalmente desabitado
À guerra todos haviam ido
Nas estrelas de olhar manso haviam confiado
Noite a noite, de suas torres cerúleas
Sobre flores a fazer vigília,
No meio de cada jornada
A vermelha luz solar se deita preguiçosa.
Agora que cada visitante fale
Da inquietude do triste vale
Nada há lá que não se abale.
Nada exceto o ar que remói
Sobre o mágico exílio

Ah, vento algum sacode árvores como aquelas
Que palpitam como as águas gélidas
Em volta das nebulosas Hébridas![31]
Ah, vento algum aquelas nuvens conduzia
Que farfalhavam pelo céu em algaravia
Com dificuldade, de manhã até o fim do dia,
Sobre as violetas que lá repousam
Numa infinidade de olhares que fitam –
Sobre os lírios que lá balançam
E sobre um túmulo sem nome choram!
Balançam e de seus topos que perfume exalam
Gotas de orvalho eterno gotejam.
Choram e de hastes frágeis
Em forma de joia descem lágrimas infindáveis.

31 Arquipélago na costa oeste da Escócia.

PARA ———

I

Os jardins pelos quais, em sonhos, eu vejo
A cantar os mais caprichosos pássaros
São lábios – de onde, percebo,
Vem teu canto como que raro.

II

Teus olhos, no paraíso do coração venerados,
Caem desoladamente,
Ó, Deus! Na minha mente mórbida
Como luz das estrelas sobre um manto quente.

III

Teu coração – ah, teu coração! – eu acordo a suspirar,
E durmo para até de manhã sonhar
Com a verdade que ouro não pode comprar
E com as ninharias que se pode alcançar.

PARA

Eu não observo que minha porção terrena
Pouco de mundo tem
Que uma vida de amor agora é amena
No rancor que um minuto contém

Eu não lamento que o desolado
Mais feliz e amável do que eu se faz
Mas que tu te afliges por meu destino
Sendo eu apenas alguém fugaz.

PARA O RIO ___

Belo rio! Em seu limpo e brilhante
Fluxo de cristal, água vagante,
És um emblema da claridade
Da beleza – o coração revelado, por certo,
A confusão divertida da arte
Na filha do velho Alberto.

Quando ela olha para dentro de tua onda
Que cintila e até tremula
Por que então o mais belo dos riachos
Ser admirador dela simula?

Pois em meu coração, como em teu curso,
A imagem dela ficou salva,
Seu coração treme ao raio de luz
Dos olhos dela em busca de alma.

CANÇÃO

Eu te vi em teu dia de núpcias.
Embora ardesse em teu rosto um rubor,
Em volta eram só alegrias,
Deitado a teus pés todo um mundo de amor.

E em teus olhos uma luz tórrida
(O que era não consigo explicar)
Era tudo que minha vista exaurida
Podia da beleza enxergar.

Aquele rubor talvez fosse timidez de donzela
E como tal deve passar –
Seu fulgor criou uma paixão mais severa
Do que o coração dele podia desejar!

Quem te viu naquele dia de núpcias
Mesmo teu rosto em profundo rubor,
Em volta eram só alegrias,
Deitado a teus pés todo um mundo de amor.

UM SONHO

Em uma fantasia de uma noite escura
Sonhei com o deleite já concluído,
Mas um sonho desperto de luz pura
Me deixou com o coração partido.

Ah, o que não é um sonho acordado
Para ele cujos olhos estão voltados
A coisas próximas, mas com um raio eletrizado
Se viram para o passado?

Aquele sonho inviolável – aquele sonho inviolável,
Enquanto todo o mundo censurava,
Me alegrou como um feixe de luz adorável,
Um espírito solitário me guiava.

Aquela luz, pela noite tempestuosa,
À distância tremulante –
Poderia haver pureza mais luminosa
Na verdade da estrela reluzente?

ROMANCE

Romance! Quem adora se inclinar e cantar,
Com a cabeça sonolenta, e a asa dobrar,
Em meio às folhas verdes balançantes,
Lá embaixo em um lago insinuante,
Tem sido um periquito pintado
Para mim – um pássaro muito familiar –
Me ensinou o alfabeto afinado
Minhas primeiras palavras balbuciar
Enquanto no bosque selvagem eu repousava em paz,
Uma criança – com um olhar um tanto sagaz.

Dos anos de condor tardios, duráveis,
Tremula o paraíso ao se elevar
Com tumulto ao bradar,

Tempo não tenho para cuidados fúteis
Nem céu silencioso observar.

E quando uma hora com mais silenciosas asas
Sobre seu espírito arremessa suas desgraças –
Um tempo escasso com música que rime
Para desfrutar de forma agradável – coisas censuradas!
Meu coração sentiria ser um crime
Ao menos que tremesse com as amarras.

ESPÍRITOS DOS MORTOS

I

Tua alma encontra-se desacompanhada
Em meio a pensamentos sombrios da lápide acinzentada –
Ninguém, de toda a multidão, a espreitar
Teu momento de intimidade singular.

II

Esse retiro requer quietação
Que não é isolamento nem solidão –
Pois os espíritos dos mortos que se puseram
Diante de ti agora novamente se apresentam
Na morte que te cerca – e sua vontade
Te ofuscará: fica parado.

III

Pois a noite – embora clara – desaprovará
E as estrelas para baixo olharão,
Do alto de seus tronos no paraíso
Com luz tal qual esperança dada aos mortais –
Mas seus olhos vermelhos, sem brilho,
À tua fadiga parecerão
Ardor e febre
Que em ti poderiam para sempre grudar.

IV

Agora há pensamentos que não deves banir
Agora há imagens que não irão sumir
Do teu espírito não deverão
Passar mais – como gotas de orvalho que pingam no chão.

V

A brisa – a respiração de Deus – fica –
E a névoa sobre o sombrio,
Sombrio monte, embora persista
É um sinal e um símbolo –
Como das árvores pende
É o mistério que o universo não entende!

TERRA ENCANTADA

Vales obscuros e inundações sombrias,
Bosque que com nuvens parecia,
Cujas formas são impossíveis de definir
Pois que as lágrimas estão por tudo cair.
Luas enormes que vão do minguante ao crescente,
Novamente, novamente, novamente.
A cada momento do escuro,
Numa eterna troca de espaços,
E o brilho das estrelas surge seguro
Com o respiro de seus pálidos rostos.

Por volta das doze no mostrador lunar
Um, mais diáfano que os outros se podiam mostrar
(Gentil, que sob julgamento,
Foi apontado com destacamento)
Para baixo e para baixo desce
Com seu centro sobre o topo
Uma montanha se estabelece
Enquanto seu raio vasto
Em leves cortinas desce
Sobre amuletos e salões,
Onde quer que trafeguem,
Sobre o mar ou em bosques desconhecidos
Sobre espíritos nas asas,
Sobre tudo que está entorpecido.
E os enterra bem no meio
De um labirinto de luz cheio –
E quão profundo, ó, quão profundo,
É o desejo de seu sonho alheio ao mundo.
Pela manhã, eles despertam,
E sua cobertura enluarada
Pelo céu planam
Com a tempestade atirada

Como quase tudo mais –
Ou como um amarelo albatroz.
A lua não é mais usada
Para propósitos antes considerada,
Como se fosse um abrigo
Extravagante, é o que digo.
Seus átomos, contudo,
Se partem numa chuva,
De onde borboletas,
Que o céu esquadrinham
E voltam insatisfeitas
(Criaturas que nunca se contentam!)
Da terra trouxeram uma amostra
Sobre suas asas exposta.

O LAGO ___ PARA ___

No auge da juventude, era minha tarefa
Assombrar um vasto pedaço de chão
Um que eu não poderia menos amar
Tão adorável era a solidão
De um lago selvagem, por negras rochas demarcado
E altos pinheiros como torres posicionados.

Mas quando a noite tivesse jogado seu manto
Sobre aquele chão, sobre todo canto,
E o vento místico tivesse passado
Uma melodia tivesse murmurado,
Então – então eu acordaria
Para o terror da noite no lago vazia.

Embora esse terror não fosse preocupante,
Mas um prazer tiritante –
Uma sensação que a mina enfeitada
Não podia me induzir a ter delimitada –
Nem amada – embora o amor fosse o amor da minha amada.

A morte que aquela onda venenosa habitava,
Em seu golfo fez uma cova adequada
Para ele que dali conforto traria
Para sua desacompanhada fantasia –
Cuja alma solitária poderia um paraíso
Daquele escuro lago construir.

ESTRELA VESPERTINA

Era meio-dia de verão,
E no meio da noite,
As estrelas, em suas órbitas,
Pálidas pareciam, porque a lua,
Luminosa e fria, brilhava mais.
Em meio aos planetas, seus escravos,
Ela mesma no céu estava,
Seu brilho nas ondas cintilava.

Por um tempo olhei
Para seu sorriso frio;
Muito frio, muito frio, constatei.
Como uma mortalha passava
Uma nuvem aveludada,
E para ti eu me virei.

Altiva estrela vespertina,
Em tua glória à distância
Mais estimado teu brilho deve ser;
Para meu coração alegria ter
Está a parte gloriosa
Que ocupas no céu noturno.
E mais eu admiro
Teu fogo indiferente
Do que aquela luz fria e obediente.

O DIA MAIS FELIZ

I

O dia mais feliz, a hora mais feliz
Meu ressequido e frustrado coração conheceu
A maior esperança de orgulho e poder
Sinto que desapareceu.

II

De poder! Eu disse? Assim creio,
Mas há muito sumiu, é verdade!
A fantasia da minha juventude veio
Mas deixei passar, sem vontade.

III

E orgulho, o que tens agora a me dizer?
Posso até herdar um outro semblante
Pois o veneno que me fizeste beber
Ao meu espírito é tranquilizante.

IV

O dia mais feliz, a hora mais feliz
Meus olhos devem ver – já viram
O mais claro vislumbre de orgulho e poder
Eu sinto que já existiram.

V

Mas aquela esperança de orgulho e poder
Agora foi com dor ofertada
Mesmo assim aquela melhor hora
Não seria reavivada...

VI

Pois em suas asas havia escuro metal
Enquanto batia as asas, caía
Uma essência com poder para fazer mal
A uma alma que bem a conhecia.

IMITAÇÃO

Uma inescrutável maré
De orgulho interminável –
Um mistério e um sonho
Era minha vida pregressa, suponho;
Declaro que aquele sonho era repleto
Com um pensamento selvagem e desperto
De seres que já existiram
Mas meus ânimos não viram,
Tivera eu deixado passar
Com os olhos a sonhar!
Nem um pedaço da terra irei deixar

Aquela visão sobre meu espírito herdar;
Aqueles pensamentos eu controlaria
Como se sobre minha alma houvesse bruxaria:
Pois aquela clara esperança finalmente
E aquele tempo leve passou
E meu descanso mundano acabou
Com um suspiro quando se esgotou
Se pereceu, não me preocupei,
Com um pensamento que então acalentei.

HINO PARA ARISTÓGITO E HARMÓDIO[32]

I

Trançada em murta, ocultarei minha espada
Como aqueles campeões bravos e devotados,
Quando no tirano mergulharam suas adagas,
E a Atenas o livramento foi dado.

32 Na Grécia antiga, Aristógito e Harmódio foram considerados heróis por assassinar Hiparco, o filho de Pisístrato, que havia inaugurado a tirania e governou no século VI a.C. Note-se que a palavra "tirania" não tinha a conotação que tem hoje. Naquela época, significava tomar o poder pela força. Edgar Allan Poe faz, então, uma homenagem aos heróis atenienses.

II

Amados heróis! Vagam suas almas gloriosas
Nas ilhas que alegrias abençoadas respiram;
Onde fazem morada os antigos e poderosos
Onde Aquiles e Diomedes[33] repousam.

III

Na murta fresca minha lâmina enroscarei a tempo,
Como Harmódio, o garboso e bom,
Quando ele derramou no protetor templo
O sangue do tirano em libação.

33 Na mitologia grega, Aquiles e Diomedes foram considerados os mais valentes heróis na Guerra de Troia, entre os séculos XIII e XIV a.C.

IV

Vós, que libertastes Atenas da humilhação!
Vós, que vingastes os males da liberdade!
Infinitas gerações vossa fama nutrirão,
Preservada em suas canções pela eternidade!

SONHOS

Ó! Aquela minha jovem vida foi um sonho permanente!
Meu espírito dormente, até que o raio de luz crescente
De uma eternidade a manhã trouxesse:
Sim! Embora aquele longo sonho tristeza incorrigível fosse,
Seria melhor que a enfadonha realidade de uma vida
Desperta para aquele cujo coração seria,
E tem sido, nessa terra fria, um transtorno
De profunda paixão desde o nascimento!

Mas deveria ser – aquele sonho continuando
Eternamente – como sonhos para mim têm sido
Na minha tenra infância – deveria então ser dedicado,
Foi loucura esperar por um paraíso elevado,
Já que festejei quando o sol brilhava

No céu de verão, em um campo de luz que sonhava,
E negligentemente deixei meu coração,
Em estados de imaginação
À parte de meu próprio lar, com seres que não passam
De minha própria criação – o que mais poderia eu ter visto então?

Foi uma única vez – única e louca hora
Que de minha lembrança não irá embora –
Um poder ou magia me amarrou – foi o vento gelado
Que veio até mim no meio da noite e me deixou marcado
Seu retrato em minha alma, ou a lua brilhou
Nos meus cochilos enquanto o dia altivo passou
Frio demais – ou as estrelas – qualquer que tenha sido
Aquele sonho foi como o vento daquela noite – que tenha ido.

Fui feliz – em um sonho, no entanto
Fui feliz – e amo o argumento –
Sonhos! Em seu vívido colorido da vida –
Como naquela fugidia, sombria e indistinta briga
De à realidade se assemelhar que traz
Ao olho delirante mais do que nos satisfaz
Do paraíso e do amor – e tudo a nós pertence!
Do que a esperança jovem em sua mais ensolarada hora conhece.

NA JUVENTUDE CONHECI ALGUÉM

Com que frequência todo o tempo esquecemos, sozinhos
Admirando o trono universal da natureza;
Seus bosques, suas florestas, suas montanhas – a intensa
Resposta dela à nossa destreza!

I

Na juventude eu conheci alguém com quem a Terra
Em comunhão secreta mantinha – e vice-versa,

À luz do dia, e na beleza, desde a nascença:
Cuja ardente e bruxuleante tocha da vida foi acesa
Do sol e das estrelas, de onde havia prosseguido
Um brilho impetuoso ao seu espírito era cabido
E ainda que aquele espírito não conhecesse no esplendor
De seu próprio fervor o que havia sobre seu poder.

II

Pode ser que minha mente seja feita
Para um fervor do luar que fica,
Mas acreditarei um pouco que aquela luz selvagem provida
De mais soberania do que uma tradição antiga
Jamais mencionou – ou sequer pensou
A essência descarnada – e nada mais restou
Que com um feitiço inspirador por nós passa
Como gotas de orvalho à noite sobre a verde massa?

III

Por nós passa quando, como o olho salta
Para o objeto adorado – até que a lágrima apalpa
A seca pálpebra, que há pouco dormia em apatia?
E necessidade de esconder esse objeto não havia
Já que nossa vida ordinária repousa
Hora a hora diante de nós – mas então apenas apregoa
Com um estranho som de corda de harpa quebrada
Para nos acordar – é um símbolo e uma chamada.

IV

Do que em outros mundos deveria ser – e ofertado
Em beleza por nosso Deus, àqueles desacompanhados
De outra forma sucumbiriam diante da vida e do firmamento
Levados pela paixão em seus corações, e aquele acento,
Aquele acento alto do espírito que lutou,
Embora sem fé – com piedade – que derrotou
O trono com desesperada energia,
Usando como uma coroa sua mais profunda essência.

PEÃ[34]

I

Como deveria a liturgia funerária ser lida?
A canção solene ser cantada?
O réquiem para a mais querida,
Que teve tão cedo sua via encurtada?

34 Na Grécia antiga, hino em louvor, exaltação, agradecimento ou invocação cantado em cerimônias públicas.

II

Seus amigos a admiram
Em sua sepultura vistosa,
E choram! Ó, assim desonram
A beleza morta com uma lágrima!

III

A amaram por sua riqueza –
E a odiaram por personalidade altiva –
Mas ela cresceu com saúde indefesa
E eles a amam – o que não impediu sua partida.

IV

Enquanto comentam de sua cara
Mortalha bordada

Me falam que minha voz está ficando fraca
Que canção não deveria por mim ser cantada.

V

Ou que meu tom devesse estar somente
Em sintonia com tão solene canção
Tão pesarosamente – tão pesarosamente
Que a falecida não estranharia a situação.

VI

Mas ela para cima se foi
Com jovem esperança ao seu lado
E eu bêbado de amor estou
Pela falecida – minha noiva, fora decretado.

VI

Pela falecida – que morta jaz
Lá toda perfumada
Com a morte sobre seus olhos em paz
E a vida sobre seus cabelos lembrada.

VIII

Assim, alto e intensamente o caixão
Eu esmurro – o murmúrio enviado
Pelas cinzentas câmaras da minha canção
Deverá ser acompanhado.

IX

Morreste na flor da idade –
Mas não morreste muito bela,

Nem morreste muito cedo,
Nem com um ar muito calmo.

X

De mais do que terrenos demônios
Tua vida e amor foram arrancados
Para se juntar ao júbilo imaculado
De mais do que celestiais tronos.

XI

Por isso, essa noite, pela falecida
Réquiem não entoarei
Mas em teu voo soprar-te-ei
Com uma peã de épocas rescindidas.

AL AARAAF

INTRODUÇÃO[35]

Estrela misteriosa!
Tu foste minha ilusão.
Por toda noite de verão –
Seja agora minha inspiração!
À beira desse claro riacho,
Sobre ti narro,

35 Poe escreveu essa introdução após ter escrito e publicado o poema. A estrela misteriosa a que ele se refere teria tido inspiração em uma supernova descoberta em 1572. Ele identificava Al Aaraaf com a estrela, uma espécie de purgatório entre o céu e o inferno.

Enquanto à distância
Com tua luz me banho!

Teu mundo não possui do nosso os detritos,
Apesar de toda a beleza – as flores todas
Que escutam nosso amor ou nosso quintal adornam
Em jardins indistintos, onde repousam
Indistintas donzelas o dia todo;
Enquanto os ventos prateados de Circássia[36]
Em divãs violetas desabam.
Pouco, ó, pouco habita em ti!
Como sobre o que na Terra vemos
Os olhos da beleza são os mais azuis aqui
Os mais falsos e mais mentirosos –
No mais doce dos ares flutua
A mais triste e solene nota.

Se contigo corações são partidos,
A alegria parte tão pacificamente,
Que seu eco aqui ainda mora
Como o murmúrio da concha que chora
Tu! Teu tipo mais verdadeiro de pesar
É a gentil folha a tombar.

36 Região do Cáucaso.

Tu! Tua estrutura é tão sagrada
Que o sofrimento em melancolia não é nada.

PARTE I[37]

Ó! Nada terreno exceto o raio
Dos olhos da beleza, que das flores emana
Como naqueles jardins, em que o dia
Brota das pedras circassianas –
Ó! Nada terreno exceto a excitação
Da melodia no riacho que o bosque reparte –
Ou (música do coração apaixonado)
A voz da alegria que em paz partiu
Ó, nada dos detritos do nosso mundo –
Apesar de toda a beleza – as flores todas
Que escutam nosso amor ou nossos quintais adornam
Adornam para além do mundo distante, distante –
A estrela errante.

Que época feliz para Nesace[38],
Pois seu mundo pendia do ar dourado,

---

37 Aqui se inicia o poema que Poe primeiro escreveu como Al Aaraaf.
38 Personagem criada por Poe.

Cercado por quatro sóis brilhantes – descanso temporário –
Um oásis no deserto do abençoado.
Longe, longe, em meio a mares de raios que levam
Esplendores empíreos sobre a alma liberta –
Sendo as ondas muito densas, a alma mal
Pode lutar contra sua eminência predestinada –
Para esferas distantes, de tempos em tempos, ela foi,
E por último para a nossa, a de Deus favorita –
Mas, agora, chefe de um reino leal,
Ela joga de lado o cetro, abandona o elmo,
E em meio a incenso e hinos espirituais elevados,
Banha seus membros angelicais em luz quadruplicada.

Agora mais feliz e mais amável naquela adorável Terra,
De onde surgiu a "Ideia da Beleza" de nascença,
(Caindo em guirlandas por meio de estrelas assustadas,
Como cabelo feminino em meio a pérolas, de longe
Acendeu sobre montes aqueus e lá fez morada)
Mirando o infinito, se pôs ajoelhada.
Nuvens opulentas, como dosséis, sobre ela espiralaram –
Emblemas apropriados do modelo de seu mundo –
Não vistos além da beleza – uma vista remota
De outra beleza, brilhando à luz no fundo –
Uma guirlanda que entrelaçou cada forma
Estrelada ao redor, que colore o ar opalado.

Apressadamente, ajoelhou-se em flores:
Lírios como os que a cabeça erguiam,
No belo Cabo Deucato, brotavam

Tão avidamente a ponto de encobrir
De pegadas fugidias – orgulho profundo –
Daquela padeceu por um mortal amar.
A Sefálica, junto às abelhas,
Erigia sua haste purpúrea circundando os joelhos.
Flor preciosa, por engano de Trebizonda[39] nomeada,
Habitante das mais remotas estrelas, ofuscava
Tudo o que era encantador: seu doce mel
(Lendário néctar que até o pagão conhecia)
Doce como um delírio, era espirrado do céu,
E caía sobre os jardins do inescusável
Em Trebizonda – e sobre uma flor ensolarada
Tão semelhante à lá de cima, que até agora
Continua a abelha torturando
Com loucura e devaneio invulgar.
No paraíso, e em todo o seu entorno, a folha
E as flores da arrebatadora planta, em pesar
Permanecem inconsoláveis – pesar que vira
A cabeça, loucuras de arrependimento
Que há muito havia desaparecido,
Com seu colo alvo no ar aromático,
Como beleza culpada, casta, e ainda mais bela:
Assim como Nictantes, tão sagradas quanto a luz,
Temem com seu perfume o ar impregnar,
E Clítia, sem saber para qual sol se voltar,
Enquanto lágrimas impertinentes escorrem,

39 Cidade na Turquia.

E aquela flor aspirante que da Terra brotou,
Mas morreu, mal conseguindo ao nascimento se elevar,
Explodindo em espírito de asas os odores de seu coração,
Partindo do jardim de um rei rumo à imensidão.

E o lótus valisnério[40] para lá voou
Fugindo das águas do Ródano[41]
Teu mais adorável e púrpuro perfume, Zante![42]
"Isola d'ro! Fior di Levante!"
E o botão do Nelumbo que flutua eternamente
Pelo rio sagrado com um cupido indiano –
Belas e encantadoras flores! Bem cuidadas
Para que levem a canção das deusas ao céu perfumadas:

"Espírito! Que habita onde,
No céu profundo,
O belo e terrível
Rivalizam com a beleza!
Além da linha da tristeza –
Os limites da estrela
Que à vista gira
"De teu obstáculo e tua barreira –
Da perpassada barreira
Pelos cometas lançados
De sua soberba e seus tronos

40 Planta aquática.
41 Rio que nasce na Suíça e termina na França.
42 Ver nota 24.

Para serem serviçais até o final
Para carregarem o fogo
(O rubro fogo de seus corações)
Com velocidade que não amansará
E dor que não abandonará.

"Tu que vives (como sabemos)
Na eternidade (como sentimos)
Mas qual espírito revelará
A sombra da tua fronte?
Embora Nesace, tua mensageira,
Tenha encontrado seres
Que sonharam com teu infinito,
Um modelo deles próprios,
Tua vontade foi feita, ó, ser divino!
Alta se pôs a estrela,
Apesar de muitas tempestades,
Mas trilhou o caminho
Sob o olhar ardente,
E aqui, a ti em pensamento –
Pois só em pensamento pode
Sozinha ascender ao império
E partilhar teu trono –
Pela fantasia alada
Minha palavra é enviada
Até que o secreto vire conhecimento
Nos arredores do firmamento."

Ela cessou – e afundada em seu rosto ardente
Desconcertada em meio aos lírios, a procurar
Proteção do fervor de seus olhos;
Pois que as estrelas tremem com divindades à sua frente.
Ela nem se mexia, nem respirava, pois uma voz lá estava
Tão solenemente penetrando o calmo ar!
Um som de silêncio no ouvido assustado
"Música da esfera" poetas sonhadores a chamavam.
Nosso mundo é um mundo de palavras: e a "quietude"
Chamamos "silêncio", a mais simples delas.
Toda a natureza fala, e mesmo aquilo que é ideal
Emana sons sombrios da asa excepcional –
Mas, ah! Nem tanto quando em reinos elevados
A voz eterna de Deus atravessa,
E o rubro vento no céu fenece.

"Que diferença faz um mundo com ciclos escuros,
Ligados a um pequeno sistema e um único sol –
Onde meu amor é loucura e a multidão
Ainda vê meu terror como um trovão,
A tempestade, o terremoto, a ira do oceano –
(Ah, cruzarão meu caminho irascível?)
Que diferença faz em um mundo com um único sol
As ampulhetas ficarem mais escuras a uma única volta visível?
Teu resplendor é meu, assim dado
Para ter meus segredos para o firmamento carregados.
Voa e deixa teu lar de cristal desabitado,
Com todo o teu séquito atravessa o céu lunar
Como vagalumes na noite siciliana,

E emana outra luz para outros mundos iluminar!
Divulga os segredos de tua palavra
Para as soberbas órbitas que piscam
Para cada coração um obstáculo e uma barreira criam,
Para que as estrelas não vacilem diante da culpa humana!"

A donzela levantou-se na noite dourada,
De uma lua única! Aqui na Terra devotamos
Nossa fé a um só amor – uma só lua adorada –
O berço da jovem beleza já não existia.
Assim como a estrela amarela surgiu daquelas horas macias,
Surgiu a donzela de seu templo de flores,
E se curvou sobre reluzente montanha e planície sem cores,
Sem abandonar sua teraseana[43] morada.

PARTE II

Alto numa montanha de topo esmaltado,
Assim como o sonolento pastor que
Em seu gigante pasto deita-se à vontade,
Erguendo sua pesada pálpebra, começa a ver

43 Theraesea, ou Therasea, é uma ilha mencionada na obra do poeta romano Sêneca.

Uma entre tantas esperanças balbuciadas de ser perdoado,
Na hora em que a lua enquadrada nas alturas estava –
Em um topo róseo, que longe se erguia
No éter pelo sol iluminado, captou o raio
De sóis já postos no alto da noite,
Enquanto a lua dançava com uma luz clara e insólita –
Erguidas de tal altura surgia uma pilha
De estupendas colunas no ar aliviadas,
Brilhando desde o mármore de Páros,[44] com sorriso farto,
Lá embaixo na onda que resplandecia,
E acolheu a jovem montanha em sua toca.
É como estrelas fundidas em suas bases,
Que caem pelo ar escuro, transformando em prata,
Enquanto morrem, a mortalha que as envolve,
Enfeita, então, a celeste abóbada.
Um domo calmamente iluminado
Sentava-se sobre essas colunas como uma coroa –
Uma janela no formato de diamante
Para o ar púrpuro abria uma vista boa,
E Deus seus raios mandava como meteoros em corrente
E toda a beleza de novo abençoava,
Exceto quando, entre o empíreo e o anel
Um ávido espírito batia sua triste asa.
Mas sobre os pilares os olhos de serafim

44 Ilha grega no Mar Egeu.

Viram a escuridão desse mundo: o verde-acinzentado
Favorito da Natureza para o túmulo da beleza,
Oculto em cada cornija, envolto em cada viga,
E cada querubim lá esculpido,
De sua morada marmórea, espiando,
Parecia mundano na sombra de seu nicho –
Estátuas aqueias em tão rico mundo?
Frisas de Tadmor[45] e Persépolis[46],
De Balbeque[47] e do tranquilo e quieto abismo
Da bela Gomorra![48] Ó, a onda agora sobre ti está,
Mas já é tarde demais para te salvar!

Amor seguro para se refestelar na noite de verão:
Testemunha o murmúrio do cinzento crepúsculo,
Roubado aos ouvidos, em Eiraco[49], muito tempo
Atrás, de muitos admiradores de estrelas,
Que as contemplavam à distância escura.
O breu se aproxima como uma nuvem instável –
Não é sua forma, sua voz, mais alta e palpável?

---

45 Cidade localizada na região central da Síria, que sucedeu à antiga Palmira.
46 "A cidade persa", em persa antigo, na Antiguidade, foi uma importante cidade do império Aquemênida. Hoje se situa no Irã. Suas ruínas são Patrimônio Mundial da Unesco.
47 Cidade histórica do Líbano, também conhecida pelos romanos como Heliópolis.
48 Segundo a Bíblia, cidade que teria sido destruída por Deus juntamente com Sodoma pela prática de atos imorais.
49 Possível antigo nome para o Iraque.

Mas o que é isso? – Ele vem e traz
Consigo música – é o barulho das asas –
Uma pausa – e então se arrasta e desaparece.
E Nesace ocupa seu palácio novamente.
Da energia selvagem de pressa libertina.
Em seu rosto, um rubor; seus lábios, entreabertos;
E a faixa que envolvia sua cintura delicada
Estourou diante da força do seu peito arfante.
No centro do salão ela parou ofegante
Para respirar. Zante![50] Sob a superfície,
A luz encantadora que roçou seus cabelos dourados
E lá desejou ficar, embora não pudesse mais fazer do que brilhar!

Naquela noite, flores jovens sussurravam
Em melodia para flores felizes – de árvore em árvore;
Fontes jorravam música enquanto caíam
Em bosques pelas estrelas iluminados, ou em vales enluarados;
Mesmo que o silêncio viesse das coisas materiais –
Lindas flores, brilhantes cachoeiras e asas angelicais –
O som que vinha unicamente da alma e ficava,
Trazia sobrecarga para o feitiço que a donzela entoava.

"Sob a campainha e a flâmula –
Ou ramos agrestes empenachados

50 Ver nota 10.

Que mantêm longe do
Sonhador os raios enluarados –
Seres de luz! Que avaliam
Com os olhos semicerrados,
As estrelas que, por ventura,
Do céu despencarão.
Até que olhem pela penumbra
E desçam na sua cabeça
Como olhos de donzela
Que a chamam agora –
Acorda! Do teu sonho
Em pérgulas violeta,
Para um dever conveniente
A essas horas pelas estrelas iluminadas –
E desvencilha-te de tuas madeixas
Com o orvalho sobrecarregadas
Que exala daqueles beijos,
Que o oprimem também –
(Ó, como podem, sem ti, amor!
Os anjos serem abençoados?)
Aqueles beijos de verdadeiro amor
Te embalaram o sono!
Acorda! Sacode tua asa e tira
Dela qualquer obstáculo:
O orvalho da noite –
Puxaria teu voo para baixo;

Carícias de verdadeiro amor –
Ó, deixa-as de lado!
Elas são leves no cabelo,
Mas ao coração pesadas.

"Ligeia![51] Ligeia!
Minha bela!
A mais grosseira ideia
Consegues em música expressar.
Ó! É tua vontade
Na brisa te lançar?
Ou, caprichosamente, te manter parada,
Como o solitário albatroz,
Debruçado na noite
(Como ela sobre o ar)
Para fazer com deleite a vigília
Na harmonia que lá impera?

"Ligeia! Ligeia!
Qualquer que seja tua imagem,
Nenhuma mágica separará
De ti tua harmonia.
Enlaçaste muitos olhos
Em teu sono de fantasia –

51 Era uma sereia na mitologia grega. Também é o nome de um conto de Poe.

Mas as forças ainda despertam
Mantidas por tua vigilância –
O som da chuva
Que sobre a flor pula,
E de novo dança
No ritmo do aguaceiro –
O murmúrio que faz
A grama quando cresce
É a melodia das coisas –
Mas são cópias, ora!
Corre, então, minha querida,
Ó! Apressa-te, não demora,
Para as fontes que jazem claras
Sob os raios da lua –
Para o lago que sorri solitário,
Em seu sonho de descanso profundo,
Nas muitas ilhas estreladas
Que enfeitam seu colo –
Onde flores selvagens, rasteiras,
Matizaram sua sombra,
Às suas margens dormem
Muitas donzelas –
Algumas deixaram a fresca clareira
Para dormir com as abelhas –
Minha donzela as desperta,
Na charneca, no prado –

Vai! Assopra sobre seu cochilo,
Bem docemente ao ouvido,
O número musical
Que elas dormiram só para ouvir –
Pois o que pode acordar
Um anjo tão cedo,
Cujo sono foi levado para debaixo da lua,
Enquanto a magia que nenhum cochilo
De bruxaria pode testar
O número rítmico
Que o aquietou para descansar?"

Espíritos nas asas, e anjos à vista,
Mil serafins irromperam pelo céu,
Jovens sonhos pairando em seu voo entorpecido ao léu –
Serafins providos de tudo, exceto conhecimento, luz aguda
Que incidiu, refratária, sobre suas fronteiras, distante
Ó, morte! Do olho de Deus por sobre a estrela:
Doce foi aquele deslize – mais doce ainda aquela morte –
Doce foi aquele deslize – mesmo conosco o fôlego
Da ciência escurece o espelho da nossa alegria –
Para eles, foi o Simun,[52] e destruiria –
Para eles, de que serviria saber
Que a verdade é falsidade e a tristeza é alegria?

52 Vento quente que sopra do centro da África para o norte, podendo provocar grandes tempestades de areia.

Doce foi sua morte – para eles, morrer era normal
Com o derradeiro êxtase da vida farta –
Além daquela morte nenhuma havia imortal –
Mas o sono que pondera é o não ser –
Ah! Mas que lá seja a morada do meu extenuado espírito –
Longe da eternidade do paraíso, mas também distante do inferno!
Que espírito culpado, num escuro matagal,
Não ouviria o chamamento agitado aquele hino?
Mas são dois, e caíram: pois no céu graça nenhuma se confere
Àqueles que não dão ouvidos às batidas de seus corações.
Uma donzela-anjo e seu amante-serafim –
Ó! Onde (e pode escrutinar todo o céu à procura sem fim)
Estava o amor, o cego, sempre às ordens do prudente momento?
Sem rumo, o amor caiu – em meio a "lágrimas de perfeito lamento".

Ele era um agradável espírito – ele que caiu
Um espírito que vaga coberto de musgo –
Um observador das luzes que acima brilham –
Um sonhador, cujo amor está ao luar.
O que imagina? Que cada estrela lá em cima é como olhar?
E assim de lá desdenha dos cabelos da beleza grandiosa –
E eles, e era sagrada cada fonte musgosa
Para seu coração assombrado pelo amor e para sua melancolia.
A noite encontrou (e para ele foi uma noite de tristeza),

Sobre o penhasco de uma montanha, o jovem Angelo[53] a vagar,
Debaixo de um solene céu macerando seu desalento
Com a cara fechada, apesar das estrelas a brilhar,
Ele se satisfez com seu amor – seu olhar escuro inclinava
Com ares de águia para o firmamento,
Agora se virava para ela – mas então,
Até a Terra tremeu em sua órbita novamente.

"Iante,[54] querida, vê! Que sombria aquela luz!
Que adorável o lugar tão distante a que o olhar nos conduz!
Ela já não se parecia mais consigo naquela tarde de outono,
Quando deixei seus salões estonteantes, sem lamentar.
Aquela tarde, aquela tarde, deveria bem me lembrar–
Um raio de sol caía sobre Lemnos[55], com um feitiço
Sobre o entalhe em arabesco no salão dourado,
Onde eu me saciei, e sobre a parede atapetada –
E também sobre minha pálpebra – ó, a luz pesada!
Quão sonolenta ela pesava na noite!
Sobre flores e névoa e amor eles correram
Com o persa Sadi e seu Gulistan:[56]
Mas, ó, aquela luz! Me fez dormitar – a morte,
Enquanto isso, roubou meus sentidos naquela adorável ilha,

53 Personagem criado por Poe, amante de Iante.
54 Ver nota 53.
55 Ilha grega no Mar Egeu.
56 *Gulistan*, ou *Jardim das Rosas*, é uma obra do poeta persa Saadi, escrita no século XIII, que reúne poemas e contos.

Tão suavemente, que nem um fio de seda, por sorte,
Foi capaz de acordar ou se fazer perceber.

"O último pedaço da Terra sobre o qual caminhei
Foi um templo soberbo chamado Partenon[57] –
Mais beleza tem em volta daquelas colunas
Do que carrega teu radiante colo, eu sei.
E quando lá atrás minha asa quis se emancipar,
Dali surgiu eu – como a águia surge de sua torre,
E em menos de uma hora muitos anos abandonei
Quanto tempo em torno de seu corpo aerado pairei?
Metade do jardim de seu mundo foi arremessada
Como um quadro à minha frente desenrolado –
Cidades desabitadas de um deserto, também!
Iante, tanta era beleza em torno de mim,
Que quase desejei ser homem novamente."
"Meu Angelo! E por que com eles de novo estar
Se para ti está aqui o mais iluminado lar?
E campos mais verdes que os de acolá,
E as mais adoráveis mulheres – e ardente amor de achar há."

"Mas ouça, Iante! Quando o suave ar me faltou,
Quando meu espírito como uma flâmula suspensa pairou,
Talvez meu cérebro tenha ficado atordoado – mas o mundo

57 Templo dedicado à deusa grega Atena, construído no século V a.C.

Que tarde eu deixei havia sido ao caos arremessado,
Num rodopio, pelos ventos movido,
Uma chama surgiu, o inflamado firmamento lado a lado.
Querida, então pensei, que ao invés de subir
Eu caía, não suavemente como antes ascendi,
Mas em espiral, em movimento tremeluzente
Pois luz e raios até pousam nessa estrela resplandecente!
Não durou muito a minha queda
Pois a tua estrela a menos longínqua era –
Estrela temida! Veio em meio a uma noite de júbilo
Sobre a tímida Terra um Dedalion[58] rubro.

“Viemos – para os daqui, mas não para nós,
É dado o direito de discutir da Deusa a voz.
Viemos, meu amor, estamos por toda parte,
Vagalumes alegres em bando fazendo alarde.
Não pergunte por quê – com um aceno angelical
Ela nos consente, assim foi pelo Deus dela autorizado.
Mas, Angelo, nunca o tempo antigo se desenrolou
Sobre um mundo que este mais encantado!
Obscuro estava o pequeno globo, o que impedia
Que olhos angelicais vissem o fantasma nos céus,
Quando primeiro Al Aaraaf soube da sua missão,
Impetuoso se jogou sobre o mar estrelado

58 Na mitologia grega, filho de Lúcifer. Considerado um grande guerreiro.

Mas quando sua glória aos céus se distendeu –
Como a beleza lustrosa fracassa sob olhar terreno,
Paramos diante do humano legado
E tua estrela – assim como a beleza – tremeu!"

Assim, os amantes discorriam e escorregavam
Pela noite que minguava e minguava e dia não trazia.
Até que caíram, pois o céu esperança não ousa oferecer
Àqueles que só ouvem o próprio coração bater.

TAMERLÃO[59]

Doce consolo na hora da morte!
Tal, Padre, não será meu mote –
Não julgarei que aquele poder
Da Terra pode dos meus pecados me absolver,
Uma soberba sobrenatural encontrou prazer –
Não me resta tempo de enlouquecer ou sonhar:
Tu chamas de esperança – faz o fogo incendiar!
Mas não passa de agonia a desejar:

59 Conquistador nômade da Ásia Central, no século XIV, de origem turco-mongol.

Se eu pudesse sonhar – ó, Deus permitiria –
Sua fonte é mais sagrada, mais excelsa,
Ancião, de tolo não te chamaria,
Mas tal é um dom que te falta.

Conheces de um espírito o segredo,
Que se curvou do mais indômito orgulho à desgraça
Ó, coração desejoso! Com fama e sem medo
Eu herdei tua porção apagada.
A glória ressequida mostrou seu brilho
Em meio às joias do meu domínio,
Halo infernal! Dor nenhuma de novo pode
O inferno trazer para medo me meter
Ó! Ávido coração, pelas flores perdidas
E horas de verão à luz do sol vividas!
A voz imperecível de época infecunda,
Com sua música longa,
Na essência de um encanto,
Sobre teu vazio – dobra um sino, como um canto.

Nem sempre me senti como agora:
A diadema febril sobre minha cabeça mora
Reivindicada e usurpada –
Não é o mesmo feroz legado
Ao dar Roma para César?
A herança de uma mente majestosa

E um espírito soberbo que tem lutado
Triunfantemente com a humanidade.

Em terreno montanhoso cheguei à vida:
As brumas de Taglay[60] espalharam
Noite após noite gotas de orvalho sobre mim,
E uma luta alada, acredito,
E a confusão do ar revirado
Em ninho meu cabelo transformaram.

Aquela gota caiu do céu muito tarde
(Em meio a sonhos de uma noite impura)
Me atingindo como um toque infernal,
Enquanto flash de luz coral
Das nuvens emanava como flâmula,
Que a mim bem parecia
A ostentação da monarquia
E o som do trompete tal qual o trovão
Se apressou a me informar
Sobre uma batalha humana, quando minha voz
Minha própria voz – que inocência! – crescia em ondulação
(Ó! Meu espírito exultante
Salta com o grito a cada hora)
O grito de guerra da vitória!

60 Belur Taglay é uma cadeia de montanhas na região asiática conhecida como Tartária.

Desabou sobre minha desabrigada
Testa a chuva – e o forte vento
Era como um gigante – assim minha mente! –
Mas não passava de um parente,
Que louros sobre mim jogava,
E a corrente, o fluxo de ar gelado
Em meus ouvidos gorgolejou sobre a colisão
Dos impérios – com a oração dos aprisionados –
O rumor dos cortejos, e o tom de adulação
Que ronda os tronos de soberanos mistérios.

Minhas paixões, na infeliz hora, usurparam
Uma tirania que homens julgaram
Desde que o poder alcancei;
Minha natureza – que assim seja:
Mas, Padre, na minha infância notei
Um, cujo fogo brilhava ainda mais intenso
(Mas a paixão, com a juventude, cessa)
E quem viu o fervor nesse maciço coração
Da fraqueza feminina captou uma noção.

Palavras me faltam – sim! – para falar
Do encantamento do amor verdadeiro,
Nem poderia o menor traço ser observado
De uma face onde a mais pura beleza
E seus detalhes – na minha mente –
São sombras de um vento passageiro:
Pois eu lembro ter lidado

Com páginas de sabedoria do passado,
Com olhar preguiçoso, até que sentisse
As letras – com todo seu significado –
Derreter as fantasias e nada resistisse.

Ó, ela merecia todo o amor!
Amor – como na infância sentia –
Tanto que os anjos a invejavam com ardor,
Sobre seu jovem coração havia
Um templo, onde minha esperança
E pensamento eram incenso – formoso presente
Pois que eram puros como de criança
Quando jovem, ela deixou um exemplo:
Por que os larguei à deriva
Seduzido pela luz que ilude a vida?

Crescemos e o amor também cresceu,
Rondando regiões ermas e selvagens;
Meu peito do inverno rigoroso a protegeu
E quando o raio de sol pedia passagem,
Ela indicava o céu aberto,
Que eu via em seus olhos desertos.

O coração é a primeira lição de jovens amantes
Pois em meio aos raios solares e alegrias,
Nossas preocupações muito distantes,
Me divertindo com sua astúcia de menina,
Eu me lançaria em seu peito pulsante,

E em forma de lágrimas minha alma despejaria –
Nada mais falar precisaria
Nenhum medo dela apaziguado seria,
Pois razão nenhuma tinha a questionar
Enquanto para mim voltava seu olhar!

Embora mais merecedora do amor
Minha alma determinada lutava
Quando no topo da montanha,
Com a ambição que em novo tom falava.
Eu não existia fora de ti,
O mundo e tudo que ele continha –
Na terra, no ar, no mar –
Sua alegria, seu pequeno quinhão de agonia.
Era um prazer novo – o ideal,
Sombrio, vaidades noturnas dos sonhos –
E o nada mais sombrio que era real –
(Sombras – e luzes mais obscuras!)
Partiu sobre suas asas enevoadas,
E tão confusamente se tornaram
Tua imagem e um nome, um nome!
Duas coisas separadas por ti intimamente ligadas.

Fui ambicioso – conheceste
A paixão, Padre? Nem pensar!
Um rústico, cheguei com um trono a sonhar
Para que metade do mundo eu regesse.
Falei baixo, em humilde murmúrio,

Mas, como qualquer outro sonho,
Sobre o orvalho úmido,
Esse também traria o raio da beleza,
Que inundava por encanto
Cada minuto, cada hora, cada dia
Que minha mente via com o dobro de delicadeza.

Juntos caminhamos sobre o topo
Da montanha, de longe e do alto
De suas soberbas naturais torres
De rochas e florestas, nos morros –
Os minguados morros, cercados de flores
E gritando com mil riachos abaixo.

Com ela falei de brio e poder,
Misticamente disfarçado
Que ela pode ter julgado
Que conversa fiada estávamos a ter.
Em seus olhos li descuidadamente
Um sentimento que ao meu se misturava
O rubor que em seu rosto despontava
Colocava-a em um trono de repente.
Tão bem o trono lhe caía
Que brilhar sozinha deveria.

Em esplendor, então, me envolvi
E uma coroa visionária vesti,
Embora não fosse da fantasia

O manto que minhas costas cobria –
Mas, se entre a humanidade, a multidão
Se lançar, é o leão da ambição que acorrenta –
E curva-se à mão do guardião –
Não como em desertos onde o grande,
O selvagem, o terrível conspiram
Para soprar o fogo com seu próprio alento.

Olha! Admira agora Samarcanda![61]
Não é a rainha da terra que com seu orgulho anda
A espreitar as cidades? Seus destinos
Em suas mãos confinados? E os finos
Fios da glória como o mundo enreda
Não a mantiveram nobre e sozinha?
Ao cair, sua mais preciosa pedra
Não faria um pedestal para sua rainha?
Quem é seu soberano? Tamerlão.
Esse que os povos viram embasbacados
Avançando, arrogante, sobre mais de uma nação.
Um fora da lei coroado.

Ó, amor humano! Teu espírito na Terra
Deu o que do céu se espera!
Que cai sobre a alma como chuva

61 Cidade do Uzbequistão que era passagem para a Rota da Seda. Foi capital imperial sob o domínio de Tamerlão.

Sobre a planície seca do Siroco,[62]
Falhando em seu poder de abençoar,
Mas deixando o coração intocado!
Ideia que toda vida amarraste
Com música de tom tão estranho
E beleza tão selvagem –
Adeus! Pois conquistei a Terra!

Quando a esperança, águia por torres rodeadas,
Seus altos rochedos não mais avista,
Suas asas desanimadamente dobradas,
Para casa dirige sua atenuada vista.
O sol se punha: e quando ele se vai
Um ar taciturno assume o coração,
E considera toda a glória que se esvai
Quando já não há sol de verão.
A alma odeia a bruma vespertina,
Tão comumente amada, e ouve
O som da escuridão que se aproxima
(Familiar para quem escuta)
Como alguém que no sono noturno
Voaria, mas do perigo não escaparia.

Que diferença faz a lua – a lua alva
Espalhar-se toda esplendorosa,
Se seu sorriso é frio e seu fulgor

62 Vento quente e seco que sopra do deserto do Saara em direção ao norte da África.

Parecerá em tempos de tristeza,
(Seguramos o fôlego ao vê-la)
Um retrato feito após a morte.
A juventude é um sol de verão,
Ao desvanecer é o mais melancólico,
Pois tudo está claro ao coração
E o que importa resta insólito.
Deixa que a vida, como a flor do dia,
Mostre sua beleza, toda luzidia.

Cheguei a meu lar – não mais meu lar,
Pois nada mais estava como costumava,
Passei por sua musgosa porta,
Embora meu passo fosse lento e contido,
Ouvi uma voz que da soleira me chamava,
Voz que conheci prematuramente.
Ó, te desafio, profundezas, a mostrar
Sobre as chamas que lá embaixo ardem
Coração mais humilde, mais profunda tristeza.

Padre, eu creio firmemente,
Eu sei bem, pois a morte, que de distantes
Regiões veio me visitar,
Onde não há o que enganar
Deixou seu portão de aço entreaberto.
E raios de verdade que tomas por certos
Brilham por toda a eternidade

Eu acredito que Eblis,[63] na verdade,
Tem uma armadilha em cada canto,
Pois quando nesse bosque sagrado,
O do amor, eu diariamente andava,
Aroma sua enevoada asa emanava,
Com incenso de oferendas queimadas
Das mais puras coisas,
Cujos agradáveis jardins ficaram tão fendidos
Em cima de raios do céu trançados,
Onde o mais ínfimo dos seres
Poderia dos seus olhos de água se esconder,
Como foi que a ambição rastejou,
Sem ser vista, imersa em prazeres,
Crescendo, rindo e pulando
No emaranhado das madeixas do amor?

---

63 Figura recorrente no Islamismo, citado no Alcorão, chefe dos espíritos do mal, sua personalidade é similar à do diabo no Cristianismo.

ISRAFEL[64]

Um espírito mora no céu
"Aquele cujo coração é um alaúde",[65]
Ninguém canta terrivelmente bem
Como o anjo Israfel,
As frívolas estrelas (a que as lendas aludem)
Interrompem seus hinos e caladas
Atendem de sua voz o chamado.

64 Ver nota 20.
65 Citação do Alcorão.

Oscilante no alto
No mais alto do dia
A lua apaixonada
Cora de simpatia,
Ao ouvir o rubro relâmpago
(Com as Plêiades,[66] no momento
Que somavam sete)
Pausar no firmamento.

E diziam (o coral estrelado
E todos que ouviam)
Que a chama de Israfel
Se deve àquela lira
Com que ele toca e canta –
Os fios que tremem e ganham vida
Na forma de inusitadas cordas.

Mas nos céus que anjos pisam,
É dever pensar profundo
Onde o amor é um Deus maduro –
Onde os olhares da huri[67]
Se imbuem de toda a beleza,
Venerada sobretudo nas estrelas.

66 Grupo de estrelas na constelação de Touro.
67 No Islamismo, é a virgem prometida aos bem-aventurados.

Assim, errado não estás,
Israfel, quando uma canção
Desapaixonada desprezas,
Pois para ti os louros vão
Para os melhores bardos, sábios,
Que a vida prolongam e felizes estão.

Os êxtases supremos
Com tuas providências excitantes servem –
Teu pesar, tua alegria, teu ódio, teu amor,
Com do teu ataúde o fervor –
Talvez as estrelas se calem.

Sim, o céu a ti pertence,
Mas o mundo é feito de doçura e amargor,
Nossas flores são meramente flores,
E a sombra de tua felicidade em esplendor
É a nossa luz solar em várias cores.

Se pudesse eu morar
Onde Israfel morou
E ele no meu lugar
Talvez ele não muito bem cantasse
Uma canção mortal,
Enquanto uma nota num crescendo
Da minha lira para o céu vai suspendendo.

PARA ISADORA

I

Sob os beirais cobertos de videiras
Cujas sombras caem diante
Da tua porta, na tua soleira
Sob as folhas do lilás vibrante –
Apertada em tua mão enevoada
Vinha a flor purpúrea.
Noite passada em sonho eu te vi de pé
Como majestosas ninfas direto da terra das fadas –
Feiticeira da varinha florida,
A mais formosa, Isadora!

II

Eu quando ordenei que o sonho
A rondar teu espírito se fosse,
Teus olhos violeta virados em torpor
Para mim, pareceram exuberantes
Com o prazer profundo e incalculável
Da serenidade do amor;
Tua fronte clássica, como lírios brancos
E pálidos como a noite imperial
Sobre seu trono, com estrelas adornada,
Atraiu para ti minha alma.

III

Sempre contemplei
Teus olhos sonhadores, apaixonados,
Lânguidos como o céu azulado,
Perdurados com a borda dourada do pôr do sol;
Estando agora estranhamente clara, tua imagem cresce,

E lembranças antigas de seu repouso aparecem
Como sombra sobre a neve silenciosa,
Quando de repente o vento noturno sopra
E o brilho da lua, silencioso, tudo ata.

IV

Como música vinda de sonhos,
Como desconhecidos rompantes de harpas,
De pássaros que bateram asas e foram,
Audíveis como a voz de riachos
Que murmura em algum frondoso vale
Escuto tua suave harmonia
E o silêncio vem com sua magia
Como aquela que em minha língua habita,
Quando tremendo em sonhos eu declaro
Meu amor por ti irradia.

V

Ouvida em cada vale,
Flutuando de árvore em árvore,
Menos bela para mim,
A música do pássaro radiante,
Do que tom sincero como o teu
Cujo eco nunca some!
Ah! Como anseio por tua doce voz
Proferir com tua afável fala
(Feiticeira!) esse meu rude nome
Soa como melodia rara!

A RUA DA VILA

Nessas velozes, inquietas sombras,
Caminhei uma vez ao entardecer,
Quando uma gentil e calada moça,
Bela caminhou ao meu lado,
Sozinha andou ao meu lado
Como uma noiva, a beleza a lhe envolver.

Pálida, a lua brilhava,
Numa campina próxima orvalhada,
Sobre rios calmos e prateados,
Sobre as montanhas longínquas e altas
Sobre o oceano banhado pelo brilho das estrelas
Onde o vento, exausto, jaz.

Devagar e em silêncio, vagamos
Da porta aberta da cabana
Sob os longos galhos do olmeiro
Para o pavimento que dali pendia;
Sob o musgoso salgueiro
E o plátano agonizante.

Com uma miríade de estrelas em beleza
Enfeitadas, o céu se entrevia,
Esperanças exultantes me circundavam,
Tal qual a luz serena das estrelas,
Tal qual o esplendor brando da noite
Da rainha noturna irradiante.

Melodias mansas e agradáveis,
Audivelmente, as folhas do olmo sussurravam
Como a música distante e murmurada
De mares inquietos e adoráveis
Enquanto os ventos em cochilo silenciavam
Nas flores e árvores perfumadas.

Assombrosa e inusitada beleza
Parecia tudo ainda adornar,
Enquanto meu amor em fábulas eu narrava
Sob os salgueiros à beira do riacho,
Poderia o coração se manter calado
Sobre o amor que era um sonho invulgar?

Num instante seguimos a vagar
Na onda sombria do crepúsculo,
Moça silenciosa e desdenhosa,
Ao meu lado calmamente a caminhar,
Com passada serena e majestosa
Coberta de beleza e vaidosa.

Vagamente ao seu lado caminhei,
Meus olhos sobre o chão se puseram,
Céleres e atentas elas eram,
Memórias amargas do passado vieram
Caíram sobre mim, como a chuva outonal
Sobre as folhas mortas cai, ágil e fria.

Sob o olmeiro nos despedimos,
Pela porta da humilde cabana,
Nenhuma breve palavra fora
Por nossos lábios proferida,
E triste fui-me embora
Tendo no coração uma ferida.

Devagar, em silêncio, andei
Para casa, na noite, sozinho,
De uma angústia repentina me cerquei,
Tal como na juventude nunca havia sentido.
Selvagem desordem, como aquela que vem
Quando o primeiro sonho noturno fica perdido.

Agora, as folhas do olmeiro para mim sussurram,
Loucas e dissonantes melodias,
E intensas canções como sombras
Os lamentosos salgueiros atormentam,
E os plátanos com suas risadas
Na brisa da noite lançam suas zombarias.

O luar outonal triste e pálido
Suspira através da ramaria,
Cada sombra noturna ou matinal
À sombra da minha dor é igual!
Luta, coração, esquece tua musa!
E, alma, deixa de lado quem te abusa.